D1048918

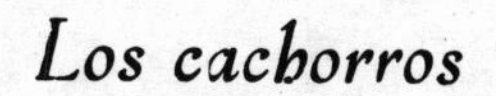

Los cachorros

Letras Hispánicas

Mario Vargas Llosa

Los cachorros

Edición de Guadalupe Fernández Ariza

DECIMOTERCERA EDICIÓN

CATEDRA

LETRAS HISPANICAS

1.ª edición, 1982
13.ª edición, 2007

Ilustración de cubierta: Alfonso Albacete

Juan Ignacio Luca de Tena, 15. 28027 Madrid
Depósito legal: M. 3.874-2007
ISBN: 978-84-376-0355-1
Printed in Spain
Impreso en Huertas I. G., S. A.
Fuenlabrada (Madrid)

Índice

A Pilar Palomo,
con afecto y gratitud

Introducción

Abreviaturas y siglas

(Arona) Juan de Arona, *Diccionario de peruanismos,* notas y suplemento de Estuardo Núñez, Lima, 1975.

(Aut.) Diccionario de autoridades, Madrid, 1977.

(Larousse) Gran Enciclopedia Larousse, Barcelona, 1974.

(Morínigo) Marcos A. Morínigo, *Diccionario manual de americanismos,* Buenos Aires, 1966.

(Santa María) Francisco J. Santa María, *Diccionario general de americanismos,* México, 1942.

CC. *Conversación en La Catedral,* Barcelona, Seix Barral, 1969.

LCP. *La ciudad y los perros,* Barcelona, Seix Barral, 1968.

LCV. *La casa verde,* Barcelona, Seix Barral, 1966.

LTJE. *La tía Julia y el escribidor,* Barcelona, Seix Barral, 1977.

PLV. *Pantaleón y las visitadoras,* Barcelona, Seix Barral, 1973.

El autor

Mario Vargas Llosa: una vocación asumida

Cuando Vargas Llosa publicó *Los cachorros* (1967) era ya un escritor consagrado[1]. Con *La ciudad y los perros* (1963) marcaba las pautas de la novela de la urbe en el marco de la narrativa peruana, coronando una labor que iniciaron escritores como Sebastián Salazar Bondy, Enrique Congrains Martín y Ribeyro, entre otros[2]. Estos escritores descubren un nuevo rostro de Lima: la mítica Ciudad de los Reyes se había convertido en una ciudad moderna en rápido crecimiento, debido al éxodo rural; este dinamismo se oponía al estancamiento y la decadencia de la clase alta que se mantenía sin cambio. La actitud del grupo de la «generación del 50» (los primeros escritores del realismo urbano) es de rechazo de la sociedad en la que ellos están inmersos. Retratan los suburbios, el mundo marginal, que también forma parte de la espléndida ciu-

[1] Para los datos biográficos, cfr. José Miguel Oviedo, *Mario Vargas Llosa la invención de una realidad,* Barcelona, 1970.

[2] Cfr. Rosa Boldori, *La literatura en el Perú de hoy,* Santa Fe (Argentina), 1969.

dad colonial regida por una minoría blanca. Son, en la mayoría de los casos, escritores marginados o relegados al olvido, precio que debían pagar por su vocación literaria. El caso más notorio y, al mismo tiempo excepcional, es el de Sebastián Salazar Bondy, luchador incansable, como escritor y como ideólogo político, que arremetió contra esa estratificación social de la burguesía, cargada de prejuicios y separada de las otras clases sociales como si fueran castas diferentes. Para Vargas Llosa, Sebastián Salazar Bondy es una figura ejemplar con la cual se identifica. En general, la crítica ha visto una relación superficial entre los dos autores, es decir, el trasvase de elementos literarios, como, por ejemplo, los aspectos físicos de lugares; sin embargo, se da una conexión más profunda entre ambos: la actitud de rechazo, de crítica frente a la burguesía peruana que está determinada por el tipo de relación entre esta sociedad y sus escritores. En el análisis de la vida y la obra de Salazar Bondy[3], Vargas Llosa hace las siguientes observaciones:

> ¿Qué escritor que tome en serio su vocación se sentirá solidario de una clase que lo castiga, por querer escribir, con frustraciones, derrotas y exilio? Por el hecho de ser un creador aquí (Perú) se entra en el campo de víctimas de la burguesía (pág. 205).

El presente texto define una actitud que se plasma en las obras de Vargas Llosa y que adoptará formas diferentes: en *La ciudad y*

---

[3] Cfr. Mario Vargas Llosa, «Sebastián Salazar Bondy y la vocación del escritor en el Perú», en *Antología Mínima de Mario Vargas Llosa,* por Elena Poniatowska, Buenos Aires, 1969, pág. 205.

los perros el Leoncio Prado es un microcosmos de la sociedad peruana[4] donde la violencia y la impostura son las formas de comportamiento fomentadas por la institución militar (uno de los grupos rectores de la nación peruana) y por los traumas de los cadetes, impuestos por el medio del cual proceden. La ciudad, a diversos niveles, marca a estos jóvenes definitivamente. En *La casa verde* el autor se hace solidario de las víctimas de la sociedad burguesa: la explotación del indígena está dirigida por los que tienen el poder civil (Julio Reátegui) o el poder militar (la guarnición de Borja). En este sentido es significativo el discurso del autor al recibir el Premio Rómulo Gallegos, después de la publicación de *La casa verde.* Vargas Llosa sabe la expectativa que había en esos momentos ante las palabras que debía pronunciar, y en ese acto, que suponía su consagración definitiva, planteará la problemática del escritor latinoamericano:

> El fantasma de Oquendo de Amat, instalado aquí, a mi lado, debe hacernos recordar a todos... el destino sombrío que ha sido, que es todavía en tantos casos, el de los creadores en América Latina. Es verdad que no todos nuestros escritores han sido probados al extremo de Oquendo de Amat; algunos consiguieron vencer la hostilidad, la indiferencia, el menosprecio de nuestros países por la literatura, y escribieron, publicaron y hasta fueron leídos... Como regla general el escritor latinoamericano ha vivido y escrito en condiciones excepcionalmente difíciles, porque nuestras sociedades habían montado un frío, casi perfecto mecanismo

[4] Elena Poniatowska, *Antología Mínima, OC.*, páginas 62-69.

para desalentar y matar en él la vocación. Esa vocación, además de hermosa, es absorbente y tiránica y reclama de sus adeptos una entrega total [5].

Al escribir *Los cachorros*, sigue latiendo ese desajuste entre Vargas Llosa y su mundo de de origen. En esta obra el infinito Miraflores (como dirá Santiago Zavala) es el espacio protagonista y casi exclusivo, espacio incomunicado con otros estratos sociales, mundo de los privilegiados, de los «blanquiñosos» costeños que viven plácidamente la rutina y la monotonía del estancamiento.

Incansablemente el «demonio» miraflorino seguirá obsesionando al escritor, apareciendo también en *Conversación en la catedral:* Santiago Zavala intenta cortar los lazos que le atan a este barrio elegante, lleno de prejuicios, donde ha vivido su infancia; sin embargo, no logra la ruptura total y finalmente acabará en la «Quinta de los duendes», hecho que significa un cierto retorno. En el fondo de estas actitudes subyace la nostalgia de un espacio ambiguo, feliz y traumatizante a la vez, pero pertinaz en Vargas Llosa y exigiendo con una necesidad imperiosa un proceso de exorcismo: ser convertido en ficción literaria.

---

[5] Cfr. Mario Vargas Llosa, «La literatura es fuego», en *Homenaje a Mario Vargas Llosa,* Madrid, 1971, páginas 17-21.

La obra

Estructura temporal y punto de vista narrativo

La obra presenta un tiempo de la aventura[6] que abarca unos veinticinco años aproximadamente. Muestra la historia de un grupo de personajes desde su ingreso en el colegio hasta que una nueva generación les sustituya viviendo la misma circunstancia. Este amplio periodo de tiempo está comprimido en los seis capítulos que constituyen el relato, dándose una condensación del tiempo narrativo y consecuentemente el tiempo de la lectura se caracteriza por la brevedad.

La fusión entre el tiempo de la aventura y el tiempo narrativo se logra mediante una técnica selectiva de fijación de las distintas etapas evolutivas de la vida de los jóvenes. Cada capítulo recoge un estadio en este proceso que podemos seguir tomando a Cuéllar como hilo conductor. La cronología de los capítulos es asimétrica al no coincidir el tiempo transcurrido dentro de los límites textuales que abarca cada capítulo.

El capítulo I cubre un período de unos dos años aproximadamente (los niños tienen entre ocho y diez años)

El capítulo II abarca unos cinco años (edad: de diez a quince años).

El capítulo III comprende cinco años.

---

[6] Cfr. Michel Butor, *Sobre Literatura,* vol. II, Barcelona, 1967, pág. 116.

El capítulo IV presenta el transcurso de unos dos años.

El capítulo V comprende unos dos años, y en el capítulo VI el transcurso temporal es más amplio y, aunque no esté exactamente fijado, puede entenderse que han pasado unos diez años.

El relato está ubicado en un tiempo histórico concreto, definido a través de acontecimientos de tipo social (como la llegada de Pérez Prado en los años cincuenta). Estos datos se ven reafirmados por las figuras que marcan la moda: artistas como James Dean, Elvis Presley, cuyo éxito también puede marcarse en la década del cincuenta. La historia está presentada como un suceso acabado, y el narrador, en su función de cronista, va deteniéndose en momentos singulares ampliados en diversos pasajes que, a su vez, fijan acontecimientos, relaciones, comportamientos para configurar el tiempo o edad que se intenta definir. Habrá, pues, dos líneas temporales: una, la del narrador que avanza desde el pasado hasta el presente absoluto-externo a la narración en que él se encuentra situado, y otra, la del lector, que se mueve de presente a futuro. Hay una intensificación narrativa y el fluir temporal se va marcando detalladamente. Desde el inicio es continuo y frecuente el uso de construcciones verbales para registrar la sucesión temporal:

> Todavía llevaban pantalón corto... ya usaban pantalones largos... A medida que pasaban los días... El año siguiente... y así terminó el invierno...

otro procedimiento es la indicación del paso de los cursos académicos:

> ¿Cierto que viene uno nuevo?, ¿para el Tercero A, Hermano?... Cuéllar... se soplaba las uñas y se las lustraba en la camiseta de «Cuarto A»... Y en Sexto año ya no lloraba... y en Primero de Media se había acostumbrado... cuando andábamos en Tercero de Media... En Cuarto de Media... En Quinto de Media... En la fiesta de promoción... cuando Chingolo y Mañuco estaban ya en Primero de Ingeniería, Lalo en Pre-Médicas... cuando Lalo se casó con Chabuca, el mismo año que Mañuco y Chingolo se recibían de Ingenieros...

La mayor condensación narrativa reside en los últimos párrafos, donde el narrador se limita a expresar el movimiento del personaje (Cuéllar) para indicar esa rápida sucesión temporal. Estos fragmentos finales del relato presentan una estructura paralelística que abarca distintos niveles temporales: la historia de Cuéllar acaba, la vida del grupo sigue, la historia colectiva recomienza en la nueva generación:

> Cuéllar ya se había ido a la montaña, a Tingo María... y ya había vuelto a Miraflores, más loco que nunca, y ya se había matado, yendo al Norte...
>
> Eran hombres hechos y derechos ya y teníamos todos mujer, carro, hijos que estudiaban en el Champagnat, la Inmaculada... (cap. VI).

En estas últimas líneas es cuando se manifiesta el lugar que ocupaba el narrador, fuera de la narración dominando toda la historia y abriendo en el relato una cierta perspectiva de futuro: el ciclo vuelve otra vez a iniciarse[7].

Debido a la situación que ocupa, el narra-

---

[7] R. M. Frank, «El estilo de *Los cachorros*», en *Anales de Literatura Hispanoamericana*, núms. 2-3, Madrid, 1973-74, págs. 571-72.

dor se desplaza por el relato, se identifica con uno u otro personaje, con el grupo inclusive, o bien se distancia de ellos. De ahí la alternancia de la primera y la tercera persona, tanto en singular como en plural:

> Todavía llevaban pantalón corto ese año, aún no fumábamos, entre todos los deportes preferían el fútbol y estábamos aprendiendo a correr olas... (cap. I).

Este narrador va registrando las voces de los personajes, sus diálogos en la misma forma que sigue sus desplazamientos, sus gestos o pensamientos. El distanciamiento entre la voz narradora y los personajes determina el uso del estilo indirecto libre para la fijación de los diálogos:

> ... y su padre lo llevaba al Estadio todos los domingos y ahí, viendo a los craks, les aprendían los trucos ¿captábamos? Se había pasado los tres meses sin ir a las matinés, ni a las playas... (cap. I).

Vargas Llosa comenta a propósito del narrador de *Los cachorros:*

> El relato está contado por una voz plural, que caprichosamente y sin aviso ondula de un personaje a otro, de una realidad objetiva (un acto) a otra subjetiva (una intuición, un pensamiento), del pasado al presente o al futuro y, por momentos, en vez de contar, canta, «caprichosamente», es un decir, claro. La idea es que esta voz colectiva, saltarina, serpentina, que marea al lector y (musicalmente) lo maltrata, vaya insensiblemente contaminándolo de la historia de Cuéllar, empapándolo con ella, no explicándosela [8].

---

[8] Ricardo Cano Gaviria, *El buitre y el ave fénix, Conversaciones con Mario Vargas Llosa,* Barcelona, 1972, págs. 93-94.

El texto afirma la idea de un narrador que es como una emanación del grupo, que se mueve continuamente y que se funde con los personajes. Esta fusión del narrador con los personajes se evidencia en el lenguaje, ya que las expresiones, modismos y giros empleados se adaptan perfectamente a ese lenguaje infantil, adolescente o maduro que presenta un estilo peculiar. R. M. Frank indica cómo hay una variación en el uso del lenguaje al mismo tiempo que se da el paso de una etapa a otra, esto es, el paso de la infancia a la madurez, así, por ejemplo, el uso de onomatopeyas es mucho más abundante en los primeros capítulos de la obra, donde se recogen la infancia y la adolescencia, que en los últimos capítulos. Este hecho reflejaría el proceso de maduración de los jóvenes. Los diferentes niveles de lenguaje establecerán la oposición entre el mundo infantil y el mundo de los adultos [9].

La onomatopeya, la mímica, los grafismos constituirían el código lingüístico, por excelencia, de los niños y serían formas expresivas opuestas a las formas lógico-discursivas de los mayores. Julio Ortega observa cómo el relato presenta ese carácter de crónica oral de ritmo fluido con un habla «de melosa melodía dirigida desde y a chicos mimados, creándose así esa propiedad musical, esa unidad de habla, irónica y piadosa a la vez» [10].

El espacio

Existe un paralelismo en la estructura tempoespacial. Si partimos de la consideración del

---

[9] Cfr. R. M. Frank, LC., pág. 574.
[10] Cfr. Julio Ortega, «Sobre *Los cachorros*», en *Homenaje a Mario Vargas Llosa,* Madrid, 1971, pág. 270.

nivel cronológico como cíclico, podemos llegar a establecer el mismo esquema mediante el análisis del espacio.

El Champagnat es el núcleo de la acción, centro de cohesión del limitado mundo de los niños. Las relaciones amistosas están determinadas por el vínculo que establece el colegio, igual que los juegos y los deportes. Es, en cierto modo, un microcosmos integrado por los alumnos que viven en las zonas próximas; cuando Cuéllar llega al colegio, los compañeros presuponen su procedencia miraflorina y esta ubicación significa tener un alto rango social. Miraflores es el ámbito donde estos jóvenes desarrollan su vida: en la infancia no traspasan sus límites; fuera del recinto del colegio, los lugares que frecuentan son los clubs deportivos y los cines del barrio.

El paso del tiempo lleva consigo una serie de desplazamientos; en la adolescencia hay ya una alternancia de la afición al deporte y el trato con las chicas, progresivamente irá decayendo el interés por el fútbol y este lugar lo ocupan las fiestas y el asedio a las jóvenes, lo que determina algunos distanciamientos, llegando, incluso, a visitar otros barrios:

> ... tomaban el Expreso y nos bajábamos en San Isidro para espiar a las del Santa Úrsula y a las del Sagrado Corazón. Ya no jugábamos tanto fulbito como antes (cap II).

Pero el colegio continúa presidiendo las actuaciones del grupo:

> ... a pesar de las advertencias de los Hermanos del Colegio Champagnat, fuimos a la Plaza de Acho a Tribuna de Sol, a ver el campeonato nacional de mambo (cap. II).

Cuando empiezan a cortejar a las chicas, el lugar de reunión es el Parque Salazar, espacio abierto, aunque privativo de los miraflorinos. Al acabar el colegio, el grupo empieza a dispersarse y los escenarios que vuelven a reunirles son el parque Salazar, los clubs, las cafeterías de lujo y las playas. Poco a poco la pandilla se aleja del barrio; en lugar de la playa de Miraflores, la Herradura será un nuevo escenario que cobra especial relevancia, ya que el fútbol es sustituido por la natación.

Con el paso de la adolescencia a la juventud, van adquiriendo mayor autonomía, empiezan las salidas nocturnas, visitan los cabarets y las prostitutas. Finalmente la pandilla se deshace, unos se casan, otros van al extranjero, pero vuelven a Miraflores, quedando integrados en la sociedad burguesa, mentalidad definida por el afán de poseer objetos:

> ... y teníamos todos mujer, carro, hijos que estudiaban en el Champagnat... y se estaban construyendo una casita para el verano en Ancón... (cap. VI).

El relato se cierra quedando esbozado un nuevo protagonismo del Champagnat, lo que significa la vuelta al punto de partida.

El conjunto de escenarios analizados aparecen como los lugares comunes compartidos por el grupo, pero al lado de ellos hay también otros recintos que podemos descubrir siguiendo los desplazamientos de Cuéllar. Este personaje se destaca de sus amigos por sus relaciones con el medio, él vive un proceso continuo de adaptación, de aprendizaje de normas y actitudes que son algo dado de antemano, perfectamente aprendido por los otros. Mañuco, Lalo, Chingolo y Choto forman un bloque compacto, bien integrado en el ambiente social, que actúa a diversos niveles: colegio, amistades, diversiones, profesión, etc. Cuéllar es, por el contrario, un extraño que no conseguirá integrarse. En el colegio debe posponer su afán de conocer, sus inquietudes intelectuales y aficionarse al deporte. Mejor dotado que el resto de sus compañeros, vivirá intentando romper los límites establecidos por la estrecha mentalidad social.

El personaje intenta una evasión a dos niveles: *a)* por medio de la imaginación, y *b)* con desplazamientos reales

Este proceso se inicia cuando Cuéllar se encuentra en la clínica. La experiencia del dolor le lleva a realizar una primera fuga, identificándose con el «Aguila Enmascarada», sueña tener unos poderes de superhombre que la realidad le niega. Es una actitud evasiva constante en el personaje, pues, a través del relato, observamos cómo Cuéllar continuamente se dirige a otras zonas, traspasa las barreras del reducido espacio miraflorino y admira a las figuras que han marcado el rumbo de la Historia:

> (Hitler no fue tan loco como contaban, en unos añitos hizo de Alemania un país que se le emparó a todo el mundo, ¿no?, qué pensaban ellos) (cap. IV).

Intuye otras fuerzas que posee el hombre, evocando el mundo de las ciencias ocultas:

> ... el espiritismo (no era cosa de superstición sino ciencia, en Francia había mediums en la Universidad y no sólo llaman a las almas, también las fotografían, él había visto un libro... (cap. IV).

Cuando define su vocación, vemos también la oposición frente a los compañeros: todos eligen una profesión que les permitirá una vida estable, rutinaria. En cambio, la elección que Cuéllar insinúa presenta unas connotaciones evasivas:

> ... entraría a la Católica... para entrar a Torre Tagle y ser diplomático... se viajaba tanto... (cap. IV).

Pero la atención de Cuéllar no sólo capta espacios lejanos, desconocidos, sino que también fija lo cercano: el mundo de los marginados aparece en el relato a través de la mirada compasiva del personaje:

> ... ¿de eso había llorado?, sí, y también de pena por la gente pobre, por los ciegos, por esos mendigos que iban pidiendo limosna en el jirón de la Unión y por los canillitas que iban vendiendo *La Crónica*... y por esos cholitos que te lustran los zapatos en la plaza San Martín... (cap. V).

Todas estas situaciones están presentadas como intervenciones directas del personaje, siendo una conformación discursiva que define la singularidad de unas visiones no compartidas o ignoradas por los otros.

Cuando Cuéllar abandona Miraflores y se marcha a Tingo María, por la voz del grupo conocemos la causa aparente:

> Cuéllar ya se había ido a la montaña, a Tingo María, a sembrar café (cap. VI).

Sin embargo, al integrar este desplazamiento en el proceso evasivo, el motivo del viaje adquiere una nueva dimensión, es la huida y, al mismo tiempo, la búsqueda de nuevos horizontes, el encuentro con la naturaleza, con lo puro.

Se produce así una ruptura que se evidencia en la narración. Cuéllar es excluido del grupo:

> ... y cuando venía a Lima y lo encontraban en la calle, apenas nos saludábamos (cap. VI).

Finalmente, el personaje enmudece, por el grupo conocemos su desarraigo, su soledad, la muerte:

> ... y ya se había vuelto a Miraflores, y ya se había matado, yendo al Norte... (cap. VI).

Termina el relato con dos secuencias narrativas yuxtapuestas, una que presenta la terminación de la historia de Cuéllar, y la otra, la trayectoria final del grupo. La conexión de unidades narrativas permite establecer el paralelismo entre la muerte de Cuéllar y el estancamiento, la pasividad de sus amigos. Esta actitud está connotada en el nombre utilizado para designarlos: «cachorros» es un americanismo usado despectivamente para expresar la mala educación o crianza; de esta forma deriva «cachorrear»: peruanismo que significa dormitar. En la combinación de ambos sentidos se define una vida vacía, carente de ideales. Paradógicamente Vargas Llosa mueve a sus personajes en unos escenarios que perpetúan la memoria de hechos importantes y de grandes hombres: figuras de relevancia en la cultura, como Ricardo Palma, o que cambiaron el curso de la Historia, como San Martín o Ramón Castilla. El marco escénico rememora las grandes hazañas; el mundo de los héroes alberga a los antihéroes. Así, pues, la configuración del espacio tiene en el relato una función referencial, reafirmando el antiheroismo al crearse el contrapunto diferenciador pasado-presente, contenido en las categorías grandeza-mediocridad.

Los personajes: análisis y técnicas de presentación

Un lector familiarizado con las novelas de Vargas Llosa advierte de inmediato cómo cada obra es un fragmento que se integra en un universo total. De la misma forma que Balzac pretendió fijar la sociedad decimonónica francesa y Galdós la española, Vargas Llosa intenta plasmar la realidad peruana seleccionando dos ámbitos fundamentales: la selva y el medio urbano. Este último es un escenario presente en la mayoría de sus obras. Pero, además, como en los mencionados autores, Vargas Llosa elige un protagonista colectivo: la burguesía peruana; hecho que determina la creación de personajes muy tipificados, ya que son elaborados en función del grupo que representan

En *Los cachorros* se destaca la figura de Cuéllar, que actúa frente a agrupaciones de personajes. Así en el colegio son escasas las actuaciones directas de cada personaje individual; los Hermanos, tras breves intervenciones, acaban desapareciendo en el relato. Se evidencia en esta forma su función de instrumento para mantener un sistema educativo. La enseñanza impartida por el centro tiene, sin embargo, unos rasgos definidos: memorística, nacionalista y beata [11]. Los Hermanos presen-

[11] Cfr. Milagros Ezquerro y Eva Montoya, *Iniciación*

tan una actitud acomodaticia a las circunstancias, al principio Cuéllar destaca por sus dotes intelectuales y los educadores fomentan esta actitud. Después del accidente, cuando ha perdido esas cualidades, el colegio sigue manteniéndo la imagen falaz del alumno modelo:

> Desde el accidente te soban, le decíamos, no sabías nada de quebrados y, qué tal raza, te pusieron dieciséis. Además, lo hacían ayudar misa, Cuéllar lea el catecismo, llevar el gallardete del año en las procesiones, borre la pizarra, cantar en el coro, reparta las libretas, y los primeros viernes entraba al desayuno aunque no comulgara. Quién como tú, decía Choto, te das la gran vida... (cap. II).

El personaje se mueve en la vida cómoda, sin esfuerzo puede poseerlo todo. La familia, los padres, continúan la labor del colegio, le miman con excesivos regalos y adoptan una actitud comprensiva, de disculpa ante los errores, que prefiguran al joven desequilibrado y su posterior degradación:

> ... por eso se emborrachó y a Chingolo sus viejos lo iban a matar. Pero no le hicieron nada. ¿Quién te abrió la puerta?, mi mamá, y ¿qué pasó?, le decíamos, ¿te pegó? No, se echó a llorar, corazón, cómo era posible, cómo iba a tomar licor a su edad, y también vino mi viejo y lo riñó, no más, ¿no se repetiría nunca?, no papá... Pero pasó algo: Cuéllar comenzó a hacer locuras para llamar la atención (cap. III).

Los amigos constituyen el personaje colectivo más importante del relato; los cuatro compañeros forman un grupo compacto mostran-

---

práctica al análisis semiológico, Narrativa hispanoamericana contemporánea, Toulouse, 1981, pág. 138.

do una actitud unánime ante las diversas motivaciones. Perfectamente adaptados al medio social van atravesando las distintas etapas evolutivas sin problemas: el colegio, las chicas, la universidad, la profesión, el matrimonio. No hay ninguna quiebra entre estos personajes y el mundo exterior.

En cuanto a su caracterización, observamos que no existen apenas rasgos diferenciadores entre ellos, es notoria la ausencia de un retrato físico o moral, sólo conocemos un comportamiento tipo; sus reacciones son en cadena:

> En Cuarto de Media, Choto le cayó a Fina Salas y le dijo que sí, y Mañuco a Pusy Lañas y también que sí (cap. III).

Cuéllar, por el contrario, es una figura discordante, hay un distanciamiento entre él y el grupo; ellos intentan recuperarlo. La imposición del apodo es, a este nivel, bastante significativa, porque se presenta como rasgo sintomático del intento de igualación que sus compañeros pretenden. Como ha observado Milagros Ezquerro: «El apodo es como la marca de fuego infligida a los animales, un dominio del grupo sobre el individuo, una manera de reducir al individuo, de someterlo a la ley colectiva simplificando la complejidad individual, a través de la valoración de una particularidad única, considerada suficiente para definirlo. Este acto de despotismo colectivo tiene dos aspectos: por un lado, rebaja, estigmatiza, disminuye; otra parte parte, confiere un signo de reconocimiento dentro de un grupo dado: de una cierta manera, el apodo integra al individuo» [12].

---

[12] Milagros Ezquerro, *OC.*, pág. 147.

Pero esta integración reviste formas de crueldad y es paradójicamente una condena, una expulsión del mundo viril de los otros. El término elegido es un eufemismo que designa el sexo de los niños, nombre provocador, impronunciable, que connota la mayor anomalía que un individuo puede presentar: la falta de virilidad, y es, además, la forma de reconocimiento de la condición de castrado de Cuéllar.

Hay un periodo de cierta acomodación de Cuéllar al grupo: los juegos infantiles, las salidas y los cines los mantienen unidos transitoriamente; pero esta situación desaparece cuando en el grupo de adolescentes irrumpen las chicas. Los compañeros le llevan hacia un camino que le perturba, ya que le incitan a entrar en el mundo del erotismo, que está vedado para él, le imbuyen una moral hipócrita para salvar las apariencias y seguir el juego convencional de las relaciones amorosas. Cuéllar es empujado en esta forma a conocer su condición de marginado, adoptando una actitud de ataque contra los mismos que le hacen tener conciencia de su situación. La aparición de Teresita establece un paréntesis, una época de equilibrio basada en unas relaciones amistosas y cordiales que pronto acabarán al aparecer Cachito Arnilla; la coqueta y frívola Teresita entra también en el juego, posee así todos los atributos de su clase que la vinculan al grupo. Tras esta reacción, Cuéllar se sabe expulsado definitivamente del «paraíso», se sumerge en el alcohol, las carreras de auto, la natación, viviendo su última etapa aislado del grupo, que se erige en un testigo del proceso degradador que fatalmente le conducirá a la muerte.

En la narrativa de Vargas Llosa es un hecho

evidente el uso de técnicas formales que siguen una línea de experimentación vanguardista; sin embargo, un análisis atento descubre la utilización de algunos recursos que tienen su origen en procedimientos muy antiguas. Si intentamos hacer una reseña de los personajes, inmediatamente nos damos cuenta de que existe un continuo trasvase de una obra a otra, hasta tal punto que algunos se repiten en la mayoría de sus novelas. Así, por ejemplo, «Gumucio» aparece en *Los cachorros, Conversación en La Catedral, La tía Julia y el escribidor* y *La guerra del fin del mundo.* En el amplio universo de personajes varguianos son continuas las repeticiones, cada uno de sus libros contiene siempre personajes de los otros; obviamente, en estas figuras se operan cambios, ya que se ajustan a tramas diversas. Su repetición se realiza en circunstancias particulares para cada obra: «el Chispas» será un personaje apenas esbozado en *Los cachorros,* conocido por la relación de parentesco que establece Cuéllar, y en *Conversación en La Catedral* presenta una personalidad definida: es el hermano de Santiago Zavala, típico joven de la alta burguesía limeña que reúne todos los atributos de su clase. Aunque en esta obra las situaciones en que aparece son diferentes, sin embargo, su nombre es idéntico, y este rasgo definirá cómo su personalidad esencial sigue siendo la misma, aunque sea un individuo revelado en formas diferentes, debido al tipo de relaciones que tiene con el conjunto de personajes de cada obra, que estarán determinadas por la configuración de la trama.

Con este sistema tendríamos la presentación de «personalidades, acumulativas», tal como sucedía en la *Commedia dell' arte,* donde aparecía un limitado repertorio de personajes, pero tenían infinitas posibilidades interpretativas. *Arlequín* era un personaje polifacético que podía aparecer como criado *(Il Pellegrino Fido Amante)* o como charlatán vagabundo *(La fortuna di Flavio)*[13].

La aplicación de este método a la novela posibilita una cierta economía narrativa, ya que si el personaje está previamente definido y presenta en su nueva función algunos de esos rasgos (clase social, edad, etc.), se pueden entender estos datos caracterizadores como presupuestos, lo que permite presentar directamente el comportamiento y la actuación que específicamente se le asigna de acuerdo con las exigencias del diferente papel que interpreta.

Ahora bien, siendo este sistema uno de los modelos básicos, no es el único método utilizado. En Vargas Llosa la técnica de caracterización de personajes presenta mayor complejidad. El autor pretende plasmar una problemática social a distintos niveles, tomando al personaje como microcosmos a través del cual se revela una situación determinada. De ahí la importancia que adquiere el grupo, cuya función primordial es la configuración de una clase. El novelista se erige, de esta forma, en la figura del cronista social que con toda objetividad va registrando aquellos rasgos que le son necesarios para trazar el perfil colectivo, enriquecido en sus realizaciones particulares. Analizados individualmente, muchos de los personajes de *Los cachorros* carecen de consistencia, pues han sido despojados de casi todas sus cualidades, excepto de unas pocas imprescindibles para su singularización. El

---

[13] Cfr. Allardyce Nicoll, *El mundo de Arlequín*, Barcelona, 1977, págs. 21-42.

proceso de categorización viene dado por la clase prototípica, colectividad de la que forman parte. Los personajes se definen en función y a partir del grupo; este hecho se plasma en la textura formal del relato Si tomamos a Cuéllar como ejemplo, aparece como una figura que ilustra esta técnica con su característica dimensión funcional.

Cuéllar es un personaje que cobra una vida especial porque rompe con el paradigma o modelo que sus compañeros mantienen. La ruptura le hace ser el centro de atención de sus amigos, y este hecho es lo que justificaría la figuración discursiva: su historia es evocada por una voz plural, emanación del grupo que selecciona, incluso, el tipo de parlamentos conformadores de una determinada imagen. Cuéllar es el único que tiene una historia individual, el resto de los personajes pertenecen a una historia colectiva: «*Eran* hombres hechos y derechos ya... y *teníamos* todos mujer... y se *estaban* construyendo una casita en Ancón... y *comenzábamos* a engordar y a tener canas... y *aparecían* ya en sus pieles algunas pequitas ciertas arruguitas» (cap. VI).

De la anécdota al símbolo

El inicio del libro evidencia el carácter de evocación que presenta todo el relato; comienza con la fijación de la infancia marcada por un hecho central: la estancia en el colegio. El Champagnat es el centro para los miraflorinos, cuya vida transcurre rutinariamente entre la asistencia a las clases, los amigos y los juegos.

Hay dos niveles fundamentales que determinan esta etapa: los estudios y el deporte. El segundo tiene una primacía sobre el primero.

Es un periodo formativo del niño en el que se ordena y dirige su atención hacia las prácticas deportivas. Cuando Cuéllar llega al colegio entra en contacto con este sistema y para ser aceptado e integrado en el grupo de alumnos tiene que aprender a ser un jugador de fútbol. Es este un comportamiento ritualizado perfectamente definido en el proceso de objetivación lingüística que conlleva el uso de la jerga deportiva:

> Sí, ha mejorado mucho, le decía Choto al Hermano Lucio, el entrenador, de veras, y Lalo es un delantero ágil y trabajador, y Chingolo qué bien organizaba el ataque y, sobre todo, no perdía la moral, y Mañuco ¿vio cómo baja hasta el arco a buscar pelota cuando el enemigo va dominando, Hermano Lucio?, hay que meterlo al equipo (cap. I).

El dominio de este lenguaje técnico confiere a las acciones un carácter de «acto mágico», que a través de gestos, mímica y palabras pronunciadas, conforman una trama mítica. He aquí que el fútbol se erige en mito y, como cada mito particular, tendrá su lenguaje específico [14].

Una vez que ha superado la prueba, Cuéllar pasa a formar parte del «clan», apareciendo como un alumno modelo:

> ... decía el Hermano Agustín, ¿ya veíamos?, se puede ser buen deportista y aplicado en los estudios, que siguiéramos su ejemplo... (capítulo I).

Mordido por Judas, su virilidad quedará destruida, arrastrando hasta el final de la historia su condición de castrado. Este episodio se

[14] Gillo Dorfles, *Nuevos ritos nuevos mitos*, Barcelona, 1969, págs. 278-79.

basa en un hecho real que Vargas Llosa conoció a través de los periódicos [15] y que posteriormente se convirtió en la materia prima del relato. Es, pues, un suceso que pasará a la ficción, donde adquiere nuevos significados, implícitos en sus connotaciones simbólicas: la figura del danés con sus rasgos característicos (los ladridos, el encierro en la jaula) le definen como el mítico «guardián del Hades»: guarnecido en la cueva y espantado con sus grandes ladridos [16]. Cuéllar, cuando se incorpora al colegio, tiene que realizar el «cruce del umbral» [17], en este lugar será iniciado mediante un proceso de aprendizaje para integrarse en la vida adulta. Judas se erige en la figura del «delator» [18] de un sistema educativo degradante. No es un hecho casual que, después del accidente, el perro desaparezca y su lugar lo ocupen una pareja de «conejitos blancos». Estamos ante un mecanismo de sustitución que permite el camuflaje de la bestia bajo la imagen de los inofensivos roedores. Pero, además, podemos establecer un sistema de relaciones partiendo de la existencia de unos niveles de conexidad que nos llevan a encontrar los referentes dados por el cotexto. El color funciona como un elemento de interrelación, ya que en *La casa verde* el blanco aparecía asociado a otra figura animal. El brazo de la religiosa que cuidaba a Bonifacia era definido

---

[15] José Miguel Oviedo, *OC.*, pág. 168.

[16] J. Pérez de Moya, *La filosofía secreta*, Barcelona, 1977.

[17] Joseph Campbell, *El héroe de las mil caras*, México, 1959, pág. 77. El autor presenta «el cruce del umbral» como uno de los mitemas arquetípicos del proceso de iniciación del héroe, que puede repetirse en las actitudes y circunstancias del hombre contemporáneo.

[18] Véase nota núm. 24.

metafóricamente como «una delgada viborilla blanca», símbolo anticipador del fracaso educativo que en ese pasaje se planteaba en términos de un personaje concreto, la madre Angélica[19]. El proceso conectivo se amplía también a través de los nombres. El hermano Leoncio vincula el Champagnat a otra institución educativa, el Leoncio Prado. El nombre es un eslabón que funciona como «vaso comunicante» posibilitando la contaminación significativa y, con ello, el trasvase de tensiones de una obra a otra. Este nivel de conexión entre los dos centros educativos se ve reforzado por el mismo título. El término «cachorros» estaba previamente definido antes de ser utilizado para designar el relato. En *La ciudad y los perros* el teniente Gamboa presenta a los jóvenes que inician su periodo formativo como

> los cachorros que todavía ignoran la vida militar, el respeto al superior y la camaradería (página 53).

Si interpretamos estas afirmaciones a la luz del mensaje total de la novela (la negatividad de la educación militar: cuidar las apariencias, mantener el prestigio. Los jóvenes imitan a los superiores y aprenden a ser sádicos impostores)[20], las palabras de Gamboa se convierten en un mensaje conativo, ya que los ideales que el centro propugna existen sólo como un nivel retórico exento de contenido o, más bien, negado en la realidad. Ésta sería

---

[19] Cfr. mi artículo «La casa verde: de la estructura mítica a la utopía», en *Anales de Literatura Hispanoamericana,* núm. 8, Madrid, 1979, págs. 77-78.

[20] Para este tema, cfr. Alberto Escobar, «Impostores de sí mismos», en *Homenaje a Mario Vargas Llosa,* Madrid, 1971, págs. 131-133.

una alternativa ofrecida a los jóvenes por el sistema social. Otra posibilidad es la que Vargas Llosa presenta en *Los cachorros*, donde también la enseñanza religiosa, en forma menos drástica, fomenta la impostura. En *La ciudad y los perros* aparecía el crimen del Esclavo como un accidente, en *Los cachorros* la castración de Cuéllar es compensada con inmerecidas calificaciones y falsos honores.

El colegio crea un ambiente, una mentalidad que se proyecta en el mundo exterior, en la ciudad, marcando las pautas del comportamiento. Es allí donde se inicia el proceso de emasculación colectiva a que es sometido Cuéllar. Mario Benedetti observa cómo «las mordeduras del perro acabaron con su virilidad... pero son las dentelladas del prójimo las que acaban con su vida»[21].

Cuéllar sufre el ataque sistemático del grupo, de ese inconsciente colectivo que irá destruyéndolo. La salida de Judas de la jaula y su agresión alegorizan la liberación del instinto animal que posee el hombre; en Vargas Llosa late una concepción semejante a la de Georges Bataille; según Bataille: «Hay en cada hombre un animal encerrado en una prisión, como un esclavo... hay una puerta: si la abrimos el animal se escapa como el esclavo que encuentra una salida; entonces el hombre muere provisoriamente y la bestia se conduce como bestia...»[22].

El sistema de relaciones de Cuéllar con sus amigos queda plasmado en unas categorías definidas en los términos: imposición de unas

---

[21] Mario Benedetti, *Letras del continente mestizo*, Montevideo, 1970, pág. 272.

[22] Mario Vargas Llosa, prólogo a la obra de Georges Bataille, *La tragedia de Gilles de Rais*, Barcelona, 1972, pág. 9.

normas-rechazo o trasgresión de esas normas.

El grupo le propone que corteje a Teresita; seguir esta pauta significa adoptar la máscara de impostor, que Cuéllar elude.

R. M. Frank[23] ha singularizado un pasaje del relato en el que ve condensado el sentido de las actuaciones de los amigos frente a Cuéllar. Destaca la escena en la que se funden dos secuencias narrativas: en una, los amigos intentan conocer los sentimientos de Teresita; en la otra, todos quieren capturar una mariposa que revolotea en el jardín. El cruce de estas dos unidades configuran un hipérbaton a la vez que, mediante la contaminación semántica, se conforma un nivel metafórico de identificación que permite la asociación Cuéllar-Mariposa. Partiendo de este paralelismo, los rasgos que definen al personaje serían «vulnerabilidad, fragilidad y amor a la libertad»; la captura y «apachurramiento» de la mariposa remite simbólicamente a la destrucción de Cuéllar, en la que todos participan:

> ¿Cuéllar?, sentadita en el balcón de su casa, pero ustedes no le dicen Cuéllar sino una palabrota fea, balanceándose para que la luz del poste le diera en las piernas, ¿se muere por mí?... Y ella ay, ay, ay, palmoteando manitas, dientes, zapatitos, que miráramos, ¡una mariposa!, que corriéramos, la cogiéramos y se la trajéramos. La miraría, sí, pero como un amigo y, además, qué bonita tocándole las alitas, deditos, uñas, vocecita, la mataron, pobrecita, nunca le decía nada. Y ellos qué cuento, qué mentira, algo le diría, por lo menos la piropearía y ella no, palabra, en su jardín la haría un huequito y la enterraría, un rulito, el cuello, las orejitas, nunca, nos juraba. Y Chingolo, ¿no

[23] R. M. Frank, LC., págs. 579-580.

> se daba cuenta acaso cómo la seguía?, y Teresita la seguiría pero como amigo, ay, ay, ay, zapateando, puñitos, ojazos, no estaba muerta la bandida ¡se voló!, cintura y tetitas, pues, si no, siquiera le habría agarrado la mano, ¿no?, o mejor dicho intentado, ¿no?, ahí está, ahí, que corriéramos, o se le habría declarado, ¿no?, y de nuevo la cogiéramos: es que es tímido, decía Lalo, tenla pero, cuidado, te vas a manchar, y no sabe si lo aceptarás, Teresita, ¿lo iba a aceptar?, y ella aj, aj, arruguitas, frentecita, la mataron y la apachurraron, un hoyito en los cachetes, pestañitas, cejas, ¿a quién?, y nosotros cómo a quién y ella mejor la botaba, así como estaba, toda apachurrada, para qué la iba a enterrar: hombritos. ¿Cuéllar?, y Mañuco sí (cap. IV).

El texto transcrito propone, asimismo, otros niveles asociativos: el ir y venir de la mariposa, su atractivo son identificables, respectivamente, con la pretendida evasión de Cuéllar y con su posición como personaje centro de las miradas de los otros, foco de atención en torno al que gira la historia. La desubicación de Cuéllar es la consecuencia ante las imposiciones del medio.

Este sistema social crea tres grandes mitos: el machismo, los deportes y la posesión de objetos

Los tres atributos son necesarios para sobrevivir en el medio. Cuando Cachito Arnilla se acerca a los miraflorinos es presentado por el narrador en la forma siguiente:

> ... con el calor llegó a Miraflores un muchacho de San Isidro que estudiaba arquitectura, tenía un Pontiac y era nadador: Cachito Arnilla (capítulo IV).

Una vez que este personaje consiga el amor de Teresita, será aceptado plenamente, así lo expresa la voz colectiva de los personajes femeninos:

> ... y Pusy además Cachito era muy bueno, Fina y simpático y pintón... (cap. IV).

En Cuéllar se produce un desequilibrio, le falta el primer atributo, de ahí que, como compensación, intente destacar en los otros. Este mecanismo de igualación se evidencia en el relato: siempre que hace una demostración de sus aptitudes físicas, previamente ha vivido una crisis como consecuencia de su mutilación:

> A medida que pasaban los días, Cuéllar se volvía más huraño con las muchachas, más lacónico y esquivo. También más loco... un domingo invadió la Pelouse del Hipódromo con su Ford fffuum embestía a la gente fffuum que chillaba y saltaba las barreras, aterrada, fffuum (cap. III).

Al ser desplazado por Cachito Arnilla en su relación con Teresita:

> ... Pichula Cuéllar volvió a las andadas. Qué bárbaro, decía Lalo, ¿corrió olas en Semana Santa? Y Chingolo: olas no, olones de cinco metros, hermano, así de grandes, de diez metros (cap. V).

Pasa el tiempo, los amigos empiezan a formar un hogar y Cuéllar sigue desafiando temerariamente el peligro:

> Cuando Lalo se casó con Chabuca, el mismo año que Mañuco y Chingolo se recibían de Ingenieros, Cuéllar ya había tenido varios accidentes y su Volvo andaba siempre abollado...

Hace del deporte una profesión:

> Pichulita Cuéllar, corredor de autos como antes de olas. Participó en el Circuito de Atocongo y llegó tercero... (cap. VI).

En la última etapa de la historia de Cuéllar domina un afán de afirmación de la persona, que se sabe consciente de su falta o carencia. El personaje entra en contacto con el mundo artificial, poblado de objetos mecánicos. Se inicia «la relación hombre-máquina» como un intento de borrar las barreras infranqueables entre el nivel humano y el de los objetos técnicos que posee[24]; a un nivel inconsciente es el intento de dominar el mundo. Esta actitud se plasma en el discurso mediante la configuración de un proceso metonímico de personificación: el coche es algo indisociable del personaje, aparece como un elemento indispensable, llamado por su nombre específico y magnificado:

> ... y con su Ford fffuum embestía a la gente... los recogía en su poderoso Nash... que arrancara el potente Nash... su Volvo andaba siempre abollado.

Cuéllar rinde tributo al mundo artificial, tecnificado, intento final de afirmación que acaba con su vida.

Al acabar el relato, el narrador vuelve a fijar la trayectoria del grupo: y «los cachorros» son ya «tigres y leones... los ingenieros, los abogados, los gerentes» (CC, pág. 534), los futuros personajes de *Conversación en La Catedral.*

---

[24] Gillo Dorfles, *OC.*, págs. 47-50.

Criterios de edición

La obra apareció por vez primera en 1967 en la colección «Palabra e Imagen» de Editorial Lumen; iba ilustrada con fotografías de Xavier Miserachs.

Posteriormente se han hecho otras ediciones[1]. Para la presente edición he seguido el texto de la editorial Seix Barral, Barcelona, 1980, ya que en esta versión el texto queda establecido en forma definitiva.

[1] Quedan reseñadas en el apartado correspondiente.

Obras de Mario Vargas Llosa

A) *De creación*

MARIO VARGAS LLOSA, *Los jefes,* Barcelona, Rocas, 1959.
— *La ciudad y los perros,* Barcelona, Seix Barral, 1963.
— *La casa verde,* Barcelona, Seix Barral, 1966.
— *Los cachorros,* Barcelona, Lumen, 1967.
— *Conversación en La Catedral,* Barcelona, Seix Barral, 1969.
— *Pantaleón y las visitadoras,* Barcelona, Seix Barral, 1973.
— *La tía Julia y el escribidor,* Barcelona, Seix Barral, 1977.
— *La señorita de Tacna,* Barcelona, Seix Barral (teatro), 1981.
— *La guerra del fin del mundo,* Barcelona, Seix Barral, 1981.

B) *De crítica*

MARIO VARGAS LLOSA, «Carta de batalla por Tirant lo Blanc», prólogo a *Tirant lo Blanc,* Madrid, Alianza, 1967.
— «Sebastián Salazar Bondy y la vocación

del escritor en el Perú», en *Antología mínima de Mario Vargas Llosa,* por Elena Poliatowska, Buenos Aires, Tiempo Contemporáneo, 1969.

OSCAR COLLAZOS, JULIO CORTÁZAR y MARIO VARGAS LLOSA, *Literatura en la revolución y revolución en la literatura,* Madrid, Siglo XXI, 1970.

MARIO VARGAS LLOSA, *Gabriel García Márquez: historia de un deicidio,* Barcelona, Seix Barral, 1971.
— *Historia secreta de una novela,* Barcelona, Tusquets, 1971.
— «García Márquez de Aracataca a Macondo», en *La novela hispanoamericana actual,* Madrid, Anaya, 1971.

MARTÍN DE RIQUER y MARIO VARGAS LLOSA, *El combate imaginario,* Barcelona, Seix Barral, 1972.

MARIO VARGAS LLOSA, «Bataille o el rescate del mal», prólogo a *La tragedia de Gilles de Rais,* Barcelona, Seix Barral, 1972.

ANGEL RAMA y MARIO VARGAS LLOSA, *García Márquez y la problemática de la novela,* Buenos Aires, Corregidor, 1973.

MARIO VARGAS LLOSA, «Novela primitiva y novela de creación en América Latina», en *La crítica de la novela iberoamericana contemporánea,* México, Universidad Nacional Autónoma de México, 1973.

MARIO VARGAS LLOSA y JOSÉ MARÍA ARGUEDAS, *La novela y el problema de la expresión literaria en el Perú,* Buenos Aires, América Nueva, 1974.

MARIO VARGAS LLOSA, *La orgía perpetua,* Madrid, Taurus, 1975.

— «Harry Belevan o el robo perfecto», prólogo a *Escuchando tras la puerta,* Barcelona, 1975.

— «Enrique Congrains o la novela salvaje», prólogo a *No una, sino muchas muertes,* Barcelona, Planeta, 1975.

— *José María Arguedas, entre sapos y halcones,* Madrid, Cultura Hispánica del Centro Iberoamericano de Cooperación, 1978.

— «Ensoñación y magia en 'Los ríos profundos'», prólogo a *Los ríos profundos,* Caracas, Biblioteca Ayacucho, 1978.

— «Una nueva lectura de *Hombres de maíz*», en Miguel Angel Asturias, *Hombres de maíz,* París-México, Klincksieck y Fondo de Cultura Económica, 1981.

Ediciones de *Los cachorros*

MARIO VARGAS LLOSA, *Los cachorros*, Barcelona, Lumen, 1967.
— *Los jefes. Los cachorros*, Barcelona, Salvat, 1971.
— *Los cachorros*, en *Obras Escogidas*, Madrid, Aguilar, 1973.
— *Los jefes. Los cachorros*, Lima, Peisa, Biblioteca peruana, 1973.
— *Los jefes. Los cachorros*, Madrid, Alianza, 1978.
— *Los cachorros*, Barcelona, Bruguera, 1980.
— *Los jefes. Los cachorros*, Barcelona, Seix Barral, 1980.

Bibliografía sobre *Los cachorros*

ARMAS, Juan Jesús de, «Fidelidad de Vargas Llosa», en *Agresión a la realidad: Mario Vargas Llosa,* Las Palmas, 1971.

BENEDETTI, Mario, «Vargas Llosa y su fértil escándalo», en *Letras del contienente mestizo,* Montevideo, 1970.

BOLDORI DE BALDUSSI, Rosa, *Vargas Llosa: un narrador y sus demonios,* Buenos Aires, 1974.

CANO GAVIRIA, Ricardo, *El buitre y el ave fénix, conversaciones con Mario Vargas Llosa,* Barcelona, 1972.

DORFMAN, Ariel, «José María Arguedas y Mario Vargas Llosa: dos visiones de una sola América», en *Homenaje a Mario Vargas Llosa,* Madrid, 1974.

EZQUERRO, Milagros, y MONTOYA, Eva, *Iniciaciación práctica al análisis semiológico. Narrativa hispanoamericana contemporánea,* Toulouse, 1981.

FRANK, R. M., «El estilo de *Los cachorros*», en *Anales de Literatura Hispanoamericana*, números 2-3, Madrid, 1973-74.

LUCHTING, Wolfgang A., *Mario Vargas Llosa, desarticulador de realidades*, Bogotá, 1978.
— «El fracaso como tema en Mario Vargas Llosa», en *Homenaje a Mario Vargas Llosa*, Madrid, 1971.

MARTÍN, José Luis, *La narrativa de Vargas Llosa*, Madrid, 1974.

MARTÍNEZ MORENO, Carlos, «Una hermosa ampliación: *Los cachorros*», en *Homenaje a Mario Vargas Llosa*, Madrid, 1971.

MATILLA RIVAS, Alfredo, Prólogo a las *Obras Escogidas* de Mario Vargas Llosa, Madrid, 1973.
— «*Los jefes*, o las coordenadas de la escritura vargasllosiana», en *Homenaje a Mario Vargas Llosa*, Madrid, 1971.

ORTEGA, Julio, *La contemplación y la fiesta*, Lima, 1968.
OVIEDO, José Miguel, *Vargas Llosa, la invención de una realidad*, Barcelona, 1970.

Los cachorros

A la memoria de
Sebastián Salazar Bondy[1]

[1] Escritor peruano (1925-1965). Cultivó la poesía, el teatro, la novela y el ensayo. Vinculado al grupo de «La generación del 50». Estos escritores utilizan la literatura como un arma de denuncia social, al mismo tiempo que fijan el ambiente urbano. Rodríguez Monegal comenta la relación que existe entre la visión de la ciudad de Lima en Vargas Llosa y la que muestra Salazar Bondy en su ensayo *Lima, la horrible* (1963). Cfr. Rodríguez Monegal, «Madurez de Vargas Llosa», en *Mundo Nuevo,* núm. 3, París, 1966, página 66. Existe una edición de las *Obras completas* de Sebastián Salazar Bondy, Lima, Francisco Moncloa Editores, 1967.

I

Todavía llevaban pantalón corto ese año, aún no fumábamos, entre todos los deportes preferían el fútbol y estábamos aprendiendo a correr olas, a zambullirnos desde el segundo trampolín del «*Terrazas*»[2], y eran traviesos, lampiños, curiosos, muy ágiles, voraces[3]. Ese año, cuando Cuéllar entró al Colegio Champagnat[4].

---

[2] Es un espacio perfectamente configurado en las novelas de Vargas Llosa: lugar habitual de reunión de los miraflorinos, donde pueden practicar distintos deportes como el tenis, la natación o el fulbito (CC., página 16) y (L.C.P., pág. 28). Debe su nombre a la estratificación del terreno donde está situado, zona escalonada con desniveles o terrazas.

[3] Americanismo: osados, atrevidos (Morínigo). *La acumulación coordinante* resulta en el texto al yuxtaponer varios adjetivos que, a nivel de significado, establecen la caracterización del grupo de personajes protagonistas del relato. Esta figura se da también al aparecer diversas formas verbales en contacto, definiéndose así la actitud de los amigos ante la situación de Cuéllar: «... se le comprendía, se le perdonaba, se le extrañaba, se le quería» (cap. I). Heinrich Lausberg, *Elementos de retórica literaria,* Madrid, 1975. (Obra consultada para el análisis de las figuras retóricas.)

[4] Situado en Miraflores (LCP., pág. 64). Lleva el nombre de José Benito Champagnat (1789-1840), reli-

Hermano Leoncio [5], ¿cierto que viene uno nuevo?, ¿para el «Tercero A», Hermano? [6] Sí, el Hermano Leoncio apartaba de un manotón el moño que le cubría la cara, ahora a callar.

Apareció una mañana, a la hora de la formación, de la mano de su papá, y el hermano Lucio [7] lo puso a la cabeza de la fila porque era más chiquito todavía que Rojas, y en la clase el Hermano Leoncio lo sentó atrás, con nosotros, en esa carpeta vacía, jovencito. ¿Cómo se llamaba? Cuéllar, ¿y tú? Choto, ¿y tú? Chingolo, ¿y tú? Mañuco, ¿y tú? Lalo [8]. ¿Mira-

---

gioso francés que fundó el Instituto de los Hermanos Maristas de la Enseñanza. En 1824 crearon el primer centro educativo en Francia y posteriormente se extendieron por diversos países del mundo, entre ellos Perú, en América Latina (Espasa).

[5] Personaje que aparece en *La tía Julia y el escribidor,* como «el venerable padre Leoncio», del seminario Santo Toribio de Mongrovejo, en Magdalena del Mar (pág. 298). El nombre presenta connotaciones especiales si lo ponemos en conexión con la institución militar Leoncio Prado de *La ciudad y los perros.* En esta obra aparece una fuerte crítica contra el sistema educativo impartido en el centro. De la misma forma, a partir de la relación establecida en los nombres, queda también esbozada la crítica contra la educación religiosa (el colegio Champagnat), a través de los personajes que ejercen esa función en *Los cachorros.*

[6] *La elipsis* supone en este caso una omisión del interlocutor y de la fórmula con verbo dicendi exigible en el planteamiento dialogal. Tal recurso domina la totalidad del relato, buscando una comunicación directa entre emisor y receptor, éste percibe la voz sin que intervenga un narrador que desde la situación contextual ordene y configure el discurso. Sobre la elipsis en general, cfr. Alfredo Matilla Rivas, Prólogo a las *Obras escogidas de Mario Vargas Llosa,* Madrid, Aguilar, 1975, págs. 17-19 y 21-23.

[7] Figura que pasa a *La tía Julia y el escribidor,* interpretando en esa obra el papel del profesor y astrólogo Lucio Acémila (págs. 340-342).

[8] La obra registra una serie de términos, bien en

florino?[9] Sí, desde el mes pasado, antes vivía

formas de diminutivos como, por ejemplo, Mañuco por Manuel, Lalo por Fernando, o apodos como Chingolo y Choto, que sustituyen al nombre propio, creándose un tono familiar y afectivo. Estos casos se repiten a lo largo de todo el relato e ilustran ese afán de verismo, de fijación de los hábitos establecidos por la sociedad que Vargas Llosa lleva a su novela, respetando para ello las formas habituales del habla coloquial. Para el diminutivo en general confróntese R. M. Frank, «El estilo de *Los cachorros*», páginas 582-585. Lalo es un personaje que aparece también en *Conversación en La Catedral*. Obra en la que forma parte del grupo de amigos de Santiago Zavala (pág. 38).

[9] El término designa a los limeños de clase social elevada que viven en Miraflores. Es el mundo por excelencia de Vargas Llosa en sus novelas de tendencia urbana. Nombre que posee ya una serie de connotaciones cuando pasa a *Los cachorros*. En *La ciudad y los perros* empieza a cargarse de significados: a través de la historia de Alberto conocemos ciertos hábitos de los jóvenes como la asistencia a colegios religiosos (el Champagnat y la Salle), los paseos y espectáculos, los deportes (en el *Terrazas* y el *Regatas*), el culto al machismo que se evidencia en el trato con las chicas y en la práctica de deportes peligrosos (automovilismo). Estos mismos temas van a plasmarse en la historia de Cuéllar y sus amigos. En *Conversación en La Catedral* adquiere nuevas dimensiones porque al lado del sistema de los jóvenes aparece el nivel de la familia en el prototipo de los Zavala. También en *La tía Julia*... hay una evocación nostálgica del mundo miraflorino, al que aparece integrado el propio Vargas Llosa: «...volví a salir varias noches con amigos de Miraflores, a quienes, desde mis amores clandestinos, no había vuelto a buscar. Eran compañeros de colegio o de barrio, muchachos que estudiaban ingeniería... o medicina... o que se habían puesto a trabajar... y con quienes, desde niño, había compartido cosas maravillosas: el fulbito y el Parque Salazar, la natación en el Terrazas y las olas de Miraflores, las fiestas de los sábados, las enamoradas y los cines (págs. 247-248). Para este tema, cfr. Alfredo Matilla Rivas, prólogo a las *Obras escogidas de Mario Vargas Llosa*, Madrid, 1975, págs. 30-34.

en San Antonio y ahora en Mariscal Castilla[10], cerca del cine Colina.

Era chanconcito[11] (pero no sobón)[12]: la primera semana salió quinto y la siguiente tercero y después siempre primero hasta el accidente, ahí comenzó a flojear y a sacarse malas notas. Los catorce Incas[13], Cuéllar, decía el Hermano Leoncio, y él se los recitaba sin respirar, los Mandamientos, las tres estrofas del Himno Marista, la poesía «*Mi bandera*»[14], de López Albújar[15]: sin respirar. Qué trome[16], Cuéllar, le decía Lalo y el hermano muy buena memoria, jovencito, y a nosotros ¡aprendan, bellacos! Él se lustraba las uñas en la solapa del saco[17] y miraba a toda la clase por encima del hom-

---

[10] Su nombre se debe al presidente Ramón Castilla cuyo gobierno duró de 1840 a 1850 y de 1854 a 1862. Bajo su mandato se abolió la esclavitud.

[11] Americanismo: diminutivo de chancón, empollón (Santa María).

[12] Peruanismo: adulón (Morínigo).

[13] Inca: voz quechua, que significa jefe. Soberano o varón de la dinastía que dominó al pueblo inca, que se extendía por las actuales repúblicas de Perú, Argentina, Bolivia y Chile. La historia de los incas está recogida en la obra del Inca Garcilaso de la Vega, *Comentarios Reales,* Caracas, 1976, Biblioteca Ayacucho.

[14] Existe una especie de culto a la bandera en Perú, que la convierte en motivo literario. Como otra manifestación de esta actitud existe la fiesta del «Día de la bandera», que se celebra el 7 de junio.

[15] Escritor peruano (1872-1966). Cultivó distintos géneros literarios, destacando en el cuento y la novela. Está en la línea del indigenismo que después desarrollarían Ciro Alegría y José María Arguedas. Escribió *Cuentos andinos* (1920), que es quizá lo más destacable de su obra. También, siguiendo la tendencia del realismo crítico, está su novela *Matalaché.* Obtuvo el Premio Nacional de Cultura en 1950.

[16] Peruanismo: persona excepcional. Es una expresión ponderativa en el habla popular.

[17] Americanismo: prenda de vestir masculina lla-

bro, sobrándose[18] (de a mentiras, en el fondo no era sobrado, sólo un poco loquibambio[19] y juguetón). Y, además, buen compañero. Nos soplaba en los exámenes y en los recreos nos convidaba chupetes, ricacho, tofis[20], suertudo, le decía Choto, te dan más propina que a nosotros cuatro, y él por las buenas notas que se sacaba, y nosotros menos mal que eres buena gente[21], chanconcito, eso lo salvaba.

Las clases de la Primaria terminaban a las cuatro, a las cuatro y diez el Hermano Lucio hacía romper filas y a las cuatro y cuarto ellos estaban en la cancha de fútbol. Tiraban los maletines al pasto[22], los sacos, las corbatas, rápido Chingolo rápido, ponte en el arco antes que lo pesquen otros, y en su jaula Judas[23]

---

mada en español americana. Es más larga que la chaqueta y menos ajustada (Morínigo).

[18] Americanismo: enorgulleciéndose; expresión ponderativa (Morínigo).

[19] Peruanismo: alocado; forma popular.

[20] Voz inglesa: caramelo.

[21] Peruanismo: buena persona.

[22] Americanismo: césped (Morínigo).

[23] Con el nombre que recibe en el relato, el perro se vincula a una larga tradición literaria de plurales significados. A través del simbolismo nominal se conforma un contexto que incluye los valores presentes en dicha tradición. Ya en Dante, Judas y Lucifer aparecían como los máximos traidores y por ello estaban situados en el Infierno. Cfr. Dante, *Tutte le opere*, Firenze, 1965 (Inferno, canto XXXIV). En Quevedo el personaje es una figura compleja, habiéndose operado una cierta manipulación del texto evangélico; Judas aparece con distintas facetas: «despensero», «ministro de Hacienda» o «arbitrista», cfr. Jean Vilar, «Judas según Quevedo», en *Francisco de Quevedo*, edición de Gonzalo Sobejano, Madrid, 1978, páginas 106-119. La imaginación folklórica de Ricardo Palma crea un Judas niño, pícaro y ratero, que prefigura al posterior delator, cuya intención fue probar la divinidad del Maestro, cfr. *Tradiciones peruanas*, Caracas, Biblioteca Ayacucho, 1977, págs. 160-163.

se volvía loco, guau, paraba[24] el rabo, guau guau, les mostraba los colmillos, guau guau guau, tiraba saltos mortales, guau, guau, guau, guau, sacudía los alambres. Pucha[25] diablo si se escapa un día, decía Chingolo, y Mañuco si se escapa hay que quedarse quietos, los daneses sólo mordían cuando olían que les tienes miedo, ¿quién te lo dijo?, mi viejo[26], y Choto yo me treparía al arco, así no lo alcanzaría, y Cuéllar sacaba su puñalito y chas chas lo soñaba, deslonjaba[27] y enterrabaaaaaauuuu, mirando al cielo, uuuuuuaaauuuu, las dos manos en la boca, auauauauauuuu: ¿qué tal gritaba Tarzán? Jugaban apenas hasta las cinco, pues a esa hora salía la Media y a nosotros los grandes nos corrían de la cancha a las buenas o a las malas. Las lenguas afuera, sacudiéndonos y sudando recogían libros, sacos y corbatas y salíamos a la calle. Bajaban por la Diagonal[28] haciendo pases de basquet con los maletines,

---

En la línea quevedesca, Borges construye su cuento, *Tres versiones de Judas,* donde el personaje es presentado en alternativas diferentes: delator, asceta o identificado con el mismo Jesús, cfr. Jorge Luis Borges, *Obras completas,* Buenos Aires, 1974, páginas 514-518. Las distintas versiones repiten la imagen del Judas delator, sentido que está presente en el texto de Vargas Llosa.

[24] Peruanismo: levantaba.

[25] Peruanismo: expresión de asombro.

[26] Es la forma habitual de referirse a los padres en conversaciones amistosas (Morínigo).

[27] Peruanismo: cortar en lonjas.

[28] Itinerario recorrido por Santiago Zavala, *Conversación en La Catedral,* y descrito en la siguiente forma: «... la Diagonal está ahí, atrapada en los cristales delanteros del taxi, oblicua, plateada, hirviendo de autos, sus avisos luminosos titilando ya. La neblina blanquea los árboles del Parque, las torres de la iglesia se desvanecen en la grisura, las copas de los ficus oscilan...» (pág. 30).

chápate[29] ésta papacito, cruzábamos el parque a la altura de «*Las Delicias*», ¡la chapé!, ¿viste, mamacita?, y en la bodeguita[30] de la esquina de «*D'Onofrio*»[31] comprábamos barquillos ¿de vainilla?, ¿mixtos?, echa un poco más, cholo[32], no estafes, un poquito de limón, tacaño, una yapita[33] de fresa. Y después seguían bajando por la Diagonal, el «*Violín Gitano*», sin hablar, la calle Porta, absortos en los helados, un semáforo, shhp chupando shhhp y saltando hasta el edificio San Nicolás y ahí Cuéllar se despedía, hombre, no te vayas todavía, vamos al

---

[29] Peruanismo: relativo a chapar, apresar, coger, dar alcance al que huye (Morínigo).

[30] Americanismo: tienda de víveres al por menor (Santa María).

[31] Firma comercial de helados y chocolates.

[32] Una de las muchas castas que existen en Perú. Es el resultado del cruzamiento entre el blanco y el indio. El cholo es un individuo que ostenta con frecuencia cargos públicos (Arona). En Vargas Llosa este término tiene usos diferentes, a veces es despectivo y otras afectivo, depende del carácter del enunciante: clase social, forma de vida, ámbito en el que se integra, etc. Cuando Santiago Zavala llega a la Universidad de San Marcos mira a su alrededor con los prejuicios de su clase (la alta burguesía peruana): «Cholos, cholos, aquí no venía la gente bien. Piensa: mamá, tenías razón» (CC., pág. 74). El uso afectivo se evidencia también en numerosos pasajes (CC., página 260). El cholo se convierte en personaje literario, a veces protagonista, en los narradores de tendencia indigenista. Así, por ejemplo, ocurre en Jorge Icaza, cfr. *Relatos,* Buenos Aires, 1969. Es también una figura importante en Ciro Alegría, cfr. *El mundo es ancho y ajeno,* Buenos Aires, 1961. Vargas Llosa lo utiliza incluso como personaje protagonista, papel que desempeña Cayo Bermúdez en *Conversación en La Catedral.*

[33] Lo que graciosamente se pide extra, por decirlo así, al individuo a quien se acaba de comprar un artículo cualquiera, o lo que él mismo, voluntariamente se presta a dar. Término muy usado en las ventas menudas del mercado (Arona).

«*Terrazas*», le pedirían la pelota al Chino, ¿no quería jugar por la selección de la clase?, hermano, para eso había que entrenarse un poco, ven vamos anda, sólo hasta las seis, un partido de fulbito[34] en el «*Terrazas*», Cuéllar. No podía, su papá no lo dejaba, tenía que hacer las tareas. Lo acompañaban hasta su casa, ¿cómo iba a entrar al equipo de la clase si no se entrenaba?, y por fin acabábamos yéndonos al «*Terrazas*» solos. Buena gente pero muy chancón, decía Choto, por los estudios descuida el deporte, y Lalo no era culpa suya, su viejo debía ser un fregado[35], y Chingolo claro, él se moría por venir con ellos y Mañuco iba a estar bien difícil que entrara al equipo, no tenía físico, ni patada, ni resistencia, se cansaba ahí mismo, ni nada. Pero cabecea bien, decía Choto, y además era hincha nuestro, había que meterlo como sea, decía Lalo, y Chingolo para que esté con nosotros y Mañuco sí, lo meteríamos, ¡aunque iba a estar más difícil!

Pero Cuéllar, que era terco y se moría por jugar en el equipo, se entrenó tanto en el verano que al año siguiente se ganó el puesto de interior izquierdo en la selección de la clase: mens sana in corpore sano, decía el Hermano Agustín, ¿ya veíamos?, se puede ser buen de-

---

[34] Fútbol sala. Nació en Montevideo en la década 1930-1940. El terreno de juego es habitualmente idéntico al de balonmano, incluso con las mismas porterías. Esto facilita la práctica de esta modalidad en numerosos centros, especialmente en las escuelas, que disponen de tales instalaciones. El número habitual de jugadores en cada equipo, tanto en América como en Europa, es de cinco. Algunas de las grandes figuras del fútbol se han formado en las agrupaciones del fútbol sala, siendo considerado como escuela de jugadores.

[35] Relativo a fregar: molestar, perjudicar (Morínigo).

portista y aplicado en los estudios, que siguiéramos su ejemplo. ¿Cómo has hecho?, le decía Lalo, ¿de dónde esa cintura, esos pases, esa codicia de pelota, esos tiros al ángulo? Y él: lo había entrenado su primo el Chispas[36] y su padre lo llevaba al Estadio todos los domingos y ahí, viendo a los craks[37], les aprendían los trucos ¿captábamos? Se había pasado los tres meses sin ir a las matinés ni a las playas, sólo viendo y jugando fútbol mañana y tarde, toquen esas pantorrillas, ¿no se habían puesto duras? Sí, ha mejorado mucho, le decía Choto al Hermano Lucio, de veras, y Lalo es un delantero ágil y trabajador, y Chingolo qué bien organizaba el ataque y, sobre todo, no perdía la moral, y Mañuco ¿vio cómo baja hasta el arco a buscar pelota cuando el enemigo va dominando, Hermano Lucio?, hay que meterlo al equipo. Cuéllar se reía feliz, se soplaba las uñas y se las lustraba en la camiseta de «Cuarto A», mangas blancas y pechera azul: ya está, le decíamos, ya te metimos pero no te sobres.

En julio, para el Campeonato Interaños, el Hermano Agustín autorizó al equipo de «Cuarto A» a entrenarse dos veces por semana, los lunes y los viernes, a la hora de Dibujo y Música. Después del segundo recreo, cuando el patio quedaba vacío, mojadito por la garúa[38], lus-

[36] Personaje que tiene un amplio desarrollo en una novela posterior. Ligado a la historia de Santiago Zavala vuelve a aparecer integrado a la alta burguesía peruana. Cfr. CC.

[37] Voz inglesa: en América los que destacan en la práctica de un deporte (Morínigo).

[38] Americanismo: llovizna (Morínigo). En Vargas Llosa es un recurso para fijar el ambiente limeño. A veces presenta connotaciones sentimentales al expresar la frustración, el pesimismo del personaje: «Baja, camina hacia Porta... cabizbajo, ¿qué me pa-

trado como un chimpún[39] nuevecito, los once seleccionados bajaban a la cancha, nos cambiábamos el uniforme y, con zapatos de fútbol y buzos[40] negros, salían de los camarines en fila india, a paso gimnástico, encabezados por Lalo, el capitán. En todas las ventanas de las aulas aparecían caras envidiosas que espiaban sus carreras, había un vientecito frío que arrugaba las aguas de la piscina (¿tú te bañarías?, después del match, ahora no, brrrrr qué frío), sus saques, y movía las copas de los eucaliptos y ficus del Parque que asomaban sobre el muro amarillo del colegio, sus penales[41] y la mañana se iba volando: entrenamos regio[42], decía Cuéllar, bestial, ganaremos[43]. Una hora después el Hermano Lucio tocaba el silbato y, mientras se desaguaban las aulas y los años formaban en el patio, los seleccionados nos vestía-

---

sa hoy? El cielo sigue nublado, la atmósfera es aún más gris y ha comenzado la garúa: patitas de zancudos en la piel, caricias de telaraña. Ni siquiera eso, una sensación más furtiva y desganada todavía. Hasta la lluvia andaba jodida en este país. Piensa: si por lo menos lloviera a cántaros» (CC., pág. 16).

[39] Peruanismo: zapato de fútbol.

[40] Peruanismo: prenda de vestir especialmente utilizada en los entrenamientos deportivos, chándales.

[41] Infracción cometida en el fútbol (Morínigo).

[42] Peruanismo: Uso exclusivamente femenino del habla limeña; indica la verbosidad feminoide del adolescente. Julio Ortega, «Sobre *Los cachorros*», en *Homenaje,* pág. 272. En el uso normal aparece el término en PLV., pág. 78.

[43] Pasaje estructurado en un hipérbaton en el que se da el cruce de tres unidades narrativas diferentes: *a)* lo que observan los alumnos desde las aulas, *b)* la descripción del ambiente, *c)* el diálogo entre los que entrenan en el patio.

La construcción sintáctica que organiza la primera unidad queda interrumpida al intercalarse en ella miembros oracionales de la segunda unidad en la que, a su vez, se insertan miembros de la tercera.

mos para ir a sus casas a almorzar. Pero Cuéllar se demoraba porque (te copias todas las de los craks, decía Chingolo, ¿quién te crees?, ¿Toto Terry?)[44] se metía siempre a la ducha después de los entrenamientos. A veces ellos se duchaban también, guau, pero ese día, guau guau, cuando Judas se apareció en la puerta de los camarines, guau guau guau, sólo Lalo y Cuéllar se estaban bañando: guau guau guau guau. Choto, Chingolo y Mañuco saltaron por las ventanas, Lalo chilló se escapó mira hermano y alcanzó a cerrar la puertecita de la ducha en el hocico mismo del danés. Ahí, encogido, losetas blancas, azulejos y chorritos de agua, temblando, oyó los ladridos de Judas, el llanto de Cuéllar, sus gritos, y oyó aullidos, saltos, choques, resbalones y después sólo ladridos, y un montón de tiempo después, les juro (pero cuánto, decía Chingolo, ¿dos minutos?, más hermano, y Choto ¿cinco?, más mucho más), el vozarrón del Hermano Lucio, las lisuras[45] de Leoncio (¿en español, Lalo?, sí, también en francés, ¿le entendías?, no, pero se imaginaba que eran lisuras, idiota, por la furia de su voz), los carambas, Dios mío, fueras, sapes, largo largo, la desesperación de los Hermanos, su terrible susto. Abrió la puerta y ya se lo llevaban cargado, lo vio apenas entre las sotanas negras, ¿desmayado?, sí, ¿calato[46], Lalo?, sí y sangran-

[44] Relevante jugador de fútbol, muy popular en los medios deportivos peruanos. Personaje real introducido en la ficción en la que aparece como uno de los mitos de la juventud. La incorporación de personajes reales en los relatos novelescos es un artificio que se repite en la narrativa de Vargas Llosa y que confiere a sus obras cierto carácter de verosimilitud.

[45] Americanismo: desvergüenza, descaro, hechos o dichos propios del liso o fresco (Morínigo).

[46] Peruanismo: desnudo; voz quechua mucho más usada en el interior que en Lima (Arona).

do, hermano, palabra, qué horrible: el baño entero era purita sangre. Que más, qué pasó después mientras yo me vestía, decía Lalo, y Chingolo el Hermano Agustín y el Hermano Lucio metieron a Cuéllar en la camioneta de la Dirección, los vimos desde la escalera, y Choto arrancaron a ochenta (Mañuco cien) por hora, tocando bocina y bocina como los bomberos, como una ambulancia. Mientras tanto el Hermano Leoncio perseguía a Judas que iba y venía por el patio dando brincos, volantines [47], lo agarraba y lo metía a su jaula y por entre los alambres (quería matarlo, decía Choto, si lo hubieras visto, asustaba) lo azotaba sin misericordia, colorado, el moño bailándole sobre la cara [48].

Esa semana, la misa del domingo, el rosario del viernes y las oraciones del principio y del fin de las clases fueron por el restablecimiento de Cuéllar, pero los hermanos se enfurecían si los alumnos hablaban entre ellos del accidente, nos chapaban y un cocacho [49], silencio, toma, castigado hasta las seis. Sin embargo ése fue el único tema de conversación en los recreos y en las aulas, y el lunes siguiente cuando, a la salida del Colegio, fueron a visitarlo a la «*Clínica Americana*», vimos que no tenía nada en la cara ni en las manos. Estaba en un cuartito lindo, hola Cuéllar, paredes blancas y cortinas cremas, ¿ya te sanaste, cumpita? [50],

---

[47] Americanismo: volteretas (Morínigo).

[48] El *énfasis* se expresa mediante el gesto, consiguiéndose en esta forma una intensificación del significado. El gesto es un rasgo que actúa como sustituto de la voz del personaje, obstentando sus mismos valores semánticos. En Vargas Llosa el *énfasis* es una figura peculiar, reincidente que permite la condensación expresiva.

[49] Peruanismo: coscorrón (Arona).

[50] Americanismo: amigo (Morínigo).

junto a un jardín con florecitas, pasto y un árbol. Ellos lo estábamos vengando, Cuéllar, en cada recreo pedrada y pedrada contra la jaula de Judas y él bien hecho, prontito no le quedaría un hueso sano al desgraciado, se reía, cuando saliera iríamos al Colegio de noche y entraríamos por los techos, viva el jovencito pam pam, el Águila Enmascarada[51] chas chas, y le haríamos ver estrellas, de buen humor pero flaquito y pálido, a ese perro, como él a mí. Sentadas a la cabecera de Cuéllar había dos señoras que nos dieron chocolates y se salieron al jardín, corazón, quédate conversando con tus amiguitos, se fumarían un cigarrillo y volverían, la del vestido blanco es mi mamá, la otra una tía. Cuenta, Cuéllar, hermanito, qué pasó, ¿le había dolido mucho?, muchísimo, ¿dónde lo había mordido?, ahí pues, y se muñequeó[52], ¿en la pichulita?[53], sí, coloradito, y se rió y nos reíamos y las señoras desde la ventana adiós, adiós corazón, y a nosotros sólo un momentito más porque Cuéllar todavía no estaba curado y él chist, era un secreto, su viejo no quería, tampoco su vieja, que nadie supiera, mi cholo, mejor no digas nada, para qué, había sido en la pierna no más, corazón ¿ya? La operación duró dos horas, les

---

[51] Cuéllar se evade en el mundo de los personajes del *comic*, mundo mágico de sueños que le lleva a otra dimensión, a otra vida diferente que existe solamente a nivel imaginativo y que se opone a su mundo, al nivel en que ellos están inmersos. Se identifica con el mítico personaje, el ídolo para el que rigen normas diferentes y puede así franquear todo tipo de trabas naturales o sociales realizando hechos prodigiosos, cfr. Milagros Arizmendi, *El Comic*, Barcelona, Planeta, 1975.

[52] Peruanismo: se puso nervioso; forma popular.

[53] Americanismo: diminutivo de pichula, el pene de los niños (Morínigo).

dijo, volvería al colegio dentro de diez días, fíjate cuántas vacaciones qué más quieres le había dicho el doctor. Nos fuimos y en la clase todos querían saber, ¿le cosieron la barriga, cierto, ¿con aguja e hilo, cierto? Y Chingolo cómo se empavo[54] cuando nos contó, ¿sería pecado hablar de eso?, Lalo no, qué iba a ser, a él su mamá le decía cada noche antes de acostarse ¿ya te enjuagaste la boca, ya hiciste pipí?, y Mañuco pobre Cuéllar, qué dolor tendría, si un pelotazo ahí sueña a cualquiera cómo sería un mordisco y sobre todo piensa en los colmillos que se gasta Judas, cojan piedras, vamos a la cancha, a la una, a las dos, a las tres, guau guau guau guau, ¿le gustaba?, desgraciado, que tomara y aprendiera. Pobre Cuéllar, decía Choto, ya no podría lucirse en el campeonato que empieza mañana, y Mañuco tanto entrenarse de balde y lo peor es que, decía Lalo, esto nos ha debilitado el equipo, hay que rajarse[55] si no queremos quedar a la cola, muchachos, juren que se rajarán.

---

[54] Peruanismo: se ruborizó (Morínigo).
[55] Americanismo: desdecirse en cumplir con lo prometido (Morínigo).

II

Sólo volvió al Colegio después de Fiestas Patrias[1] y, cosa rara, en vez de haber escarmentado con el fútbol (¿no era por el fútbol, en cierta forma, que lo mordió Judas?) vino más deportista que nunca. En cambio, los estudios comenzaron a importale menos. Y se comprendía, ni tonto que fuera, ya no le hacía falta chancar: se presentaba a los exámenes con promedios muy bajos y los Hermanos lo pasaban, malos ejercios y óptimo, pésimas tareas y aprobado. Desde el accidente te soban, le decíamos, no sabías nada de quebrados y, qué tal raza[2], te pusieron dieciséis. Además, lo hacían ayudar misa, Cuéllar lea el catecismo, llevar el gallardete[3] del año en las procesiones, borre la pizarra, cantar en el coro, reparta las libretas, y los primeros viernes entraba al desayuno aunque no comulgara. Quién como tú, decía Choto, te das la gran vida, lástima que Judas no nos mordiera también a nosotros, y él no era por eso: los hermanos lo sobaban de miedo a su viejo. Bandidos, qué

---

[1] Conmemoran la Independencia peruana.
[2] Peruanismo: qué descaro.
[3] Es el distintivo otorgado por haber obtenido la máxima calificación en los estudios.

le han hecho a mi hijo, les cierro el Colegio, los mando a la cárcel, no saben quién soy, iba a matar a esa maldita fiera y al Hermano Director, calma, cálmese señor, lo sacudió del babero[4]. Fue así, palabra, decía Cuéllar, su viejo se lo había contado a su vieja y aunque se secreteaban él, desde mi cama de la clínica, los oyó: era por eso que lo sobaban, no más. ¿Del babero?, qué truquero, decía Lalo, y Chingolo a lo mejor era cierto, por algo había desaparecido el maldito animal. Lo habrán vendido, decíamos, se habrá escapado, se lo regalarían a alguien, y Cuéllar no, no, seguro que su viejo vino y lo mató, él siempre cumplía lo que prometía. Porque una mañana la jaula amaneció vacía y una semana después, en lugar de Judas, ¡cuatro conejitos blancos! Cuéllar, lléveles lechugas, ah compañerito, déles zanahorias, cómo te sobaban, cámbieles el agua y él feliz.

Pero no sólo los hermanos se habían puesto a mimarlo, también a sus viejos les dio por ahí. Ahora Cuéllar venía todas las tardes con nosotros al «*Terrazas*» a jugar fulbito (¿tu viejo ya no se enoja?, ya no, al contrario, siempre le preguntaba quién ganó el match, mi equipo, cuántos goles metiste, ¿tres?, ¡bravo!, y él no te molestes, mamá, se me rasgó la camisa jugando, fue casualidad, y ella sonsito[5], qué importaba, corazoncito, la muchacha se la cosería y te serviría para dentro de casa, que le diera un beso) y después nos íba-

---

[4] Pieza del hábito que va sobre el pecho y sujeta al cuello.

[5] Americanismo: relativo a tontear (Morínigo). Uso afectivo en Vargas Llosa: «La besa en la sién, cálmate amor, le acaricia el rostro, cómo había sido, la lleva del hombro hacia la casa, no llores sonsita» (CC., pág. 17).

mos a la cazuela[6] del Excélsior, del Ricardo Palma[7] o del Leuro a ver seriales, dramas impropios para señoritas, películas de Cantinflas y Tin Tan. A cada rato le aumentaban las propinas y me compran lo que quiero, nos decía, se los había metido al bolsillo a mis papás, me dan gusto en todo, los tenía aquí, se mueren por mí. Él fue el primero de los cinco en tener patines, bicicleta, motocicleta y ellos Cuéllar que tu viejo nos regale una copa para el campeonato, que los llevara a la piscina del estadio a ver nadar a Merino y al Conejo Villarán[8] y que nos recogiera en su auto a la salida de la vermuth[9], y su viejo nos la regalaba y los llevaba y nos recogía en su auto: sí, lo tenía aquí.

Por ese tiempo, no mucho después del accidente, comenzaron a decirle Pichulita[10]. El apo-

[6] Parte alta del cine donde se sitúan los espectadores que han pagado una entrada de precio reducido.

[7] Escritor peruano (1833-1919). Dedicado también al activismo político ostentó distintos cargos importantes bajo la presidencia de Ignacio González Prado. Escribió obras de diverso carácter, poesía, teatro, pero lo que más fama le ha dado han sido sus *Tradiciones peruanas,* en las que se mezcla la onda histórica de la Lima legendaria de los virreyes con la turbulencia de los presidentes y caudillos del siglo XIX. Muere en el cargo de director de la Biblioteca Nacional, alejado de la política y retirado en su casa de Miraflores. Existe una biografía del autor a cargo de César Miró, *Ricardo Palma,* Buenos Aires, Losada, 1953. Es interesante la edición de *Cien tradiciones peruanas,* Caracas, Biblioteca Ayacucho, 1977.

[8] Personaje real campeón de natación que pasa al relato unido al grupo miraflorino. De la misma forma aparece en el cuento *Día Domingo,* incluido en *Los jefes,* Barcelona, 1974, pág. 86.

[9] Americanismo: función teatral circense o cinematográfica que se da por las tardes, al oscurecer (Morínigo).

[10] La *antonomasia* queda establecida al producirse

do nació en la clase, ¿fue el sabido[11] de Gumucio[12] el que lo inventó?, claro, quién iba a ser, y al principio Cuéllar, Hermano, lloraba, me están diciendo una mala palabra, como un marica, ¿quién?, ¿qué te dicen?, una cosa fea, Hermano, le daba vergüenza repetírsela, tartamudeando y las lágrimas que se le saltaban, y después en los recreos los alumnos de otros años Pichulita qué hubo, y los mocos que se le salían, cómo estás, y él Hermano, fíjese, corría donde Leoncio, Lucio, Agustín o el profesor Cañón Paredes: ése fue. Se quejaba y también se enfurecía, qué has dicho, Pichulita he dicho, blanco de cólera, maricón, temblándole las manos y la voz, a ver repite si te atreves, Pichulita, ya me atreví y qué pasaba y él entonces cerraba los ojos y, tal como le había aconsejado su papá, no te dejes muchacho, se lanzaba, rómpeles la jeta, y los desafiaba, le pisas el pie y bandangán, y se trompeaba[13], un sopapo, un cabezazo, un patadón, donde fuera, en la fila o en la cancha, lo mandas al suelo y se acabó, en la clase, en la capilla, no te fregarán más. Pero más se calentaba y más lo fastidiaban y una vez, era un escándalo, Hermano, vino a su padre echando chispas a la Dirección, martirizaban a su hijo y él no lo iba a permitir. Que tuviera pantalones, que castigara a esos mocosos o lo haría él, pondría a todo el mundo en su sitio, qué in-

---

la sustitución del nombre propio por el apelativo. Este sobrenombre será el término empleado para designar al personaje hasta el final del relato.

[11] Americanismo: vivaracho, despabilado (Morínigo).

[12] Personaje que cambia de identidad desempeñando el papel del doctor Gumucio, embajador boliviano en *La tía Julia...* (pág. 325), o el del caballero Gumucio, gran hacendado de Bahía en *La guerra del fin del mundo* (págs. 35-36).

[13] Americanismo: darse puñetazos (Arona).

solencia, un manotazo en la mesa, era el colmo, no faltaba más. Pero le habían pegado el apodo como una estampilla y, a pesar de los castigos de los Hermanos, de los sean más humanos, ténganle un poco de piedad del Director, y a pesar de los llantos y las pataletas y las amenazas y golpes de Cuéllar, el apodo salió a la calle y poquito a poco fue corriendo por los barrios de Miraflores[14] y nunca más pudo sacárselo de encima, pobre. Pichulita pasa la pelota, no seas angurriento[15], ¿cuánto te sacaste en álgebra, Pichulita?, te cambio una fruna[16], Pichulita, por una melcocha[17], y no dejes de venir mañana al paseo a Chosica, Pichulita, se bañarían en el río, los Hermanos llevarían guantes y podrás boxear con Gumucio y vengarte, Pichulita, ¿tienes botas?, porque habría que trepar al cerro, Pichulita, y al regreso todavía alcanzarían la vermuth, Pichulita, ¿te gustaba el plan?

También a ellos, Cuéllar, que al comienzo nos cuidábamos, cumpa, comenzó a salírseles, viejo, contra nuestra voluntad, hermano, hincha, de repente Pichulita y él, colorado, ¿qué?, o pálido ¿tú también, Chingolo?, abriendo mucho los ojos, hombre, perdón, no había sido con mala intención, ¿él también, su amigo

---

[14] Lugares fijados en *La ciudad y los perros:* «Y cuando alguien pregunta cuál barrio, para diferenciarse de los otros barrios de Miraflores, el de 28 de julio, el de Reducto, el de la calle Francia, el de Alcanfores dicen: el barrio de Diego Ferré... al principio iban en grupo a recorrer otros barrios miraflorinos, los más próximos... y luego los distantes como el de Angamos y el de la Avenida Grau» (páginas 28-29 y 191-192).

[15] Americanismo: avaricioso (Morínigo).

[16] Peruanismo: caramelo de frutas.

[17] Peruanismo: dulce popular que se vende por las calles en las carretillas.

también?, hombre, Cuéllar, que no se pusiera así, si todos se lo decían a uno se le contagiaba, ¿tú también, Choto?, y se le venía a la boca sin querer, ¿él también, Mañuco?, ¿así le decíamos por la espalda?, ¿se daba media vuelta y ellos Pichulita, cierto? No, qué ocurrencia, lo abrazábamos, palabra que nunca más y además por qué te enojas, hermanito, era un apodo como cualquier otro, y por último ¿al cojito Pérez no le dices tú Cojinoba y al bizco Rodríguez Virolo [18] o Mirada Fatal y Pico de Oro [19] al tartamudo Rivera? ¿Y no le decían a él Choto y a él Chingolo y a él Mañuco y a él Lalo? No te enojes, hermanón, sigue jugando, anda, te toca.

Poco a poco fue resignándose a su apodo y en sexto año ya no lloraba ni se ponía matón, se hacía el desentendido y a veces hasta bromeaba, Pichulita no ¡Pichulaza ja ja!, y en Primero de Media se había acostumbrado tanto que, más bien, cuando le decían Cuéllar se ponía serio y miraba con desconfianza, como dudando, ¿no sería burla? Hasta estiraba la mano a los nuevos amigos diciendo mucho gusto, Pichula Cuéllar a tus órdenes.

No a las muchachas, claro, sólo a los hombres. Porque en esa época, además de los deportes, ya se interesaban por las chicas. Habíamos comenzado a hacer bromas, en las clases, oye, ayer lo vi a Pirulo Martínez con su enamorada, en los recreos, se paseaban de la

---

[18] Americanismo: bizco.

[19] En el contexto de la narrativa de Vargas Llosa esta expresión designa a la persona de cualidades excepcionales para hablar (PLV., pág. 169). En el texto es un recurso que funciona configurando la *ironía,* ya que esta forma, a partir del significado que le confiere el autor, está en contradicción con el carácter del personaje.

mano por el Malecón y de repente ¡pum, un chupete!, a las salidas ¿en la boca?, sí y se habían demorado un montón de rato besándose. Al poco tiempo, ése fue el tema principal de sus conversaciones. Quique Rojas tenía una hembrita mayor que él, rubia, de ojazos azules y el domingo Mañuco los vio entrar juntos a la matiné del Ricardo Palma y a la salida ella estaba despeinadísima, seguro habían tirado plan[20], y el otro día en la noche Choto lo pescó al venezolano de Quinto, ese que le dicen Múcura por la bocaza, viejo, en un auto, con una mujer muy pintada y, por supuesto, estaban tirando plan, y tú, Lalo, ¿ya tiraste plan?, y tú, Pichulita, ja ja, y a Mañuco le gustaba la hermana de Perico Saénz, y Choto iba a pagar un helado y la cartera se le cayó y tenía una foto de una Caperucita Roja en una fiesta infantil, ja ja, no te muñeques, Lalo, ya sabemos que te mueres por la flaca[21] Rojas, y tú Pichulita, ¿te mueres por alguien?, y él no, colorado, todavía, o pálido, no se moría por nadie, y tú y tú, ja ja.

Si salíamos a las cinco en punto y corríamos por la avenida Pardo como alma que lleva el diablo, alcanzaban justito la salida de las chicas del Colegio La Reparación. Nos parábamos en la esquina y fíjate, ahí estaban los ómnibus, eran las de Tercero y la de la segunda ventana es la hermana del cholo Cánepa, chau, chau, y ésa, mira, háganle adiós, se rió, se rió, y la chiquita nos contestó, adiós, adiós, pero no era para ti, mocosa, y ésa y ésa. A veces les llevábamos papelitos escritos y se los lanzaban a la volada, qué bonita eres, me gus-

---

[20] Peruanismo: relaciones amorosas pasajeras.
[21] Delgada; en Vargas Llosa tiene un uso afectivo (CC.).

tan tus trenzas, el uniforme te queda mejor que a ninguna, tu amigo Lalo, cuidado, hombre, ya te vio la monja, las va a castigar, ¿cómo te llamas?, yo Mañuco, ¿vamos el domingo al cine?, que le contestara mañana con un papelito igual o haciéndome a la pasada del ómnibus con la cabeza que sí. Y tú Cuéllar, ¿no le gustaba ninguna?, sí, esa que se sienta atrás, ¿la cuatrojos?, no no, la de al ladito, por qué no le escribía entonces, y él qué le ponía, a ver, a ver, ¿quieres ser mi amiga?, no, qué bobada, quería ser su amigo y le mandaba un beso, sí, eso estaba mejor, pero era corto, algo más conchudo [22], quiero ser tu amigo y le mandaba un beso y te adoro, ella sería la vaca y yo seré el toro, ja ja. Y ahora firma tu nombre y tu apellido y que le hiciera un dibujo, ¿por ejemplo, cuál?, cualquiera, un torito, una florecita, una pichulita, y así se nos pasaban las tardes, correteando tras los ómnibus del Colegio La Reparación y, a veces, íbamos hasta la avenida Arequipa [23] a ver a las chicas de uniformes blancos del Villa María [24], ¿acababan de hacer la primera comunión?, les gritábamos, e incluso tomaban el expreso y nos bajábamos en San Isidro [25] para espiar a las del Santa Úrsula y a las del Sagrado Corazón. Ya no jugábamos tanto fulbito como antes.

Cuando las fiestas de cumpleaños se convirtieron en fiestas mixtas, ellos se quedaban en los jardines, simulando que jugaban a la pega

---

[22] Americanismo: cachazudo (Santa María).

[23] Es una gran avenida que une Lima con Miraflores.

[24] Junto al colegio de Santa Úrsula son los centros donde asisten las chicas de las clases más elevadas. El Sagrado Corazón es un centro de clase media.

[25] Barrio residencial de Lima, situado en el interior y limítrofe con Miraflores.

tú la llevas, la berlina adivina quién te dijo o matagente ¡te toqué!, mientras que éramos puro ojos, puro oídos, ¿qué pasaba en el salón?, ¿qué hacían las chicas con esos agrandados, qué envidia, que ya sabían bailar? Hasta que un día se decidieron a aprender ellos también y entonces nos pasábamos sábados, domingos íntegros, bailando entre hombres, en casa de Lalo, no, en la mía que es más grande era mejor, pero Choto tenía más discos, y Mañuco, pero yo tengo a mi hermana que puede enseñarnos y Cuéllar no, en la de él, sus viejos ya sabían y un día toma, su mamá, corazón, le regalaba ese pic-up, ¿para él solito?, sí, ¿no quería aprender a bailar? Lo pondría en su cuarto y llamaría a sus amiguitos y se encerraría con ellos cuanto quisiera y también cómprate discos, corazón, anda a «*Discocentro*», y ellos fueron y escogimos huarachas[26], mambos, boleros y valses y la cuenta la mandaban a su viejo, no más, el señor Cuéllar, dos ocho cinco Mariscal Castilla. El vals y el bolero eran fáciles, había que tener memoria y contar, uno aquí, uno allá, la música no importaba tanto. Lo difícil eran la huaracha, tenemos que aprender figuras, decía Cuéllar, el mambo, y a dar vueltas y soltar a la pareja y lucirnos. Casi al mismo tiempo aprendimos a bailar y a fumar, tropezándonos, atorándose con el humo de los «Lucky» y «Viceroy», brincando hasta que de repente ya hermano, lo agarraste, salía, no lo pierdas, muévete más, mareándonos, tosiendo y escupiendo, ¿a ver se lo había pasado?, mentira, tenía el humo bajo la lengua, y Pichulita yo, que le contáramos a él, ¿habíamos visto?, ocho, nueve, diez,

[26] Americanismo: baile popular (Morínigo).

y ahora lo botaba[27]: ¿sabía o no sabía golpear? Y también echarlo por la nariz y agacharse y dar una vueltecita y levantarse sin perder el ritmo.

Antes, lo que más nos gustaba en el mundo eran los deportes y el cine, y daban cualquier cosa por un match de fútbol, y ahora, en cambio, lo que más eran las chicas y el baile, y por lo que dábamos cualquier cosa era una fiesta con discos de Pérez Prado[28] y permiso de la dueña de la casa para fumar. Tenían fiestas casi todos los sábados y cuando no íbamos de invitados nos zampábamos[29] y, antes de entrar, se metían a la bodega de la esquina y le pedíamos al chino[30], golpeando el mostrador con el puño: ¡cinco capitanes![31]. Seco y volteado[32], decía Pichulita, así, glu glu, como hombres, como yo.

Cuando Pérez Prado llegó a Lima[33] con su orquesta, fuimos a esperarlo a la Córpac[34], y

---

[27] Peruanismo: lo echaba (Arona).

[28] Músico, compositor y director de orquesta, cubano. Fue una auténtica revelación en los años cincuenta en Lima.

[29] Peruanismo: entrar sin permiso; forma popular.

[30] Es el poseedor de pequeños comercios. Los chinos son un grupo importante de la población peruana. Entre los años 1860-1872 hubo una gran inmigración de mano de obra china, teniendo como resultado un incremento de la agricultura peruana (Larousse).

[31] Bebida alcohólica con pisco.

[32] Peruanismo: beber de un solo trago; forma popular.

[33] Corrupción del nombre Rimac, término que designaba el valle en el que los españoles fundaron la Ciudad de los Reyes. «Rimac quiere decir el que habla, llamaron así al valle por un ídolo que en él hubo en figura de hombre que hablaba y respondía a lo que le preguntaban, como el oráculo de Apolo Délfico», cfr. Inca Garcilaso (*OC.*, págs. 66-67).

[34] Corporación peruana de aviación civil (Aeropuerto).

Cuéllar, a ver quién se aventaba[35] como yo, consiguió abrirse paso entre la multitud, llegó hasta él, lo cogió del saco y le gritó «¡Rey del mambo!». Pérez Prado le sonrió y también me dio la mano, les juro, y le firmó su álbum de autógrafos, miren. Lo siguieron, confundidos en la caravana de hinchas, en el auto de Boby Lozano, hasta la plaza San Martín[36] y, a pesar de la prohibición del Arzobispo y de las advertencias de los Hermanos del Colegio Champagnat, fuimos a la plaza de Acho[37], a Tribunas de Sol, a ver el campeonato nacional de mambo. Cada noche, en casa de Cuéllar, ponían Radio «El Sol» y escuchábamos, frenéticos, qué trompeta, hermano, qué ritmo, la audición de Pérez Prado, qué piano.

Ya usaban pantalones largos[38] entonces, nos

---

[35] Peruanismo: se tiraba.

[36] Una de las plazas más grandes de Lima. Al igual que el departamento de San Martín evoca al general San Martín, héroe de la emancipación americana, llamado el Libertador, y artífice de la Independencia peruana. Ostentó el título de «Protector del Perú», cfr. Carlos Rama, *Historia de América Latina*, Barcelona, 1978. Figura de gran relevancia aparece en diversas obras literarias como, por ejemplo, las *Tradiciones peruanas*, de Ricardo Palma, y *El Canto General*, de Pablo Neruda.

[37] La plaza de toros, de las más antiguas del mundo. Según el testimonio de Ricardo Palma: «En 1768 don Agustín Hipólito Laudáburo terminó la plaza de toros en los terrenos denominados de Hacho... La construcción duró tres años... y el edificio pasó a ser propiedad de la Beneficencia desde 1827... Puede admitir cómodamente a 10.000 espectadores. Hasta 1845 las corridas se efectuaban los lunes, pues en la época colonial se creía profanar el domingo con tal espectáculo.» Cfr. *Tradiciones peruanas*, Méjico, Porrúa, 1973, pág. 48.

[38] Construcción paralelística, donde los términos repetidos actúan de enmarque de un amplio periodo que abarca una etapa de la vida de los personajes. Al establecer la relación entre los grupos paralelos: «To-

peinábamos con gomina [39] y habían desarrollado, sobre todo Cuéllar, que de ser el más chiquito y el más enclenque de los cinco pasó a ser el más alto y el más fuerte. Te has vuelto un Tarzán, Pichulita, le decíamos, qué cuerpazo te echas al diario.

davía llevaban pantalón corto» (cap. I), «Ya usaban pantalones largos», se advierte cómo este sistema de conexiones va marcando el transcurso temporal.

[39] Americanismo: goma diluida en agua y perfumada que usan los elegantes para fijar el pelo (Morínigo).

III

El primero en tener enamorada fue Lalo, cuando andábamos en Tercero de Media. Entró una noche al *«Cream Rica»*[1], muy risueño, ellos qué te pasa y él, radiante, sobrado como un pavo real: le caí a[2] Chabuca[3] Molina, me dijo que sí. Fuimos a festejarlo al *«Chasqui»* y, al segundo vaso de cerveza, Lalo, qué le dijiste en tu declaración, Cuéllar comenzó a ponerse nerviosito, ¿le había agarrado la mano?, pesadito, qué había hecho Chabuca, Lalo, y preguntón, ¿la besaste, di? Él nos contaba, contento, y ahora les tocaba a ellos, salud, hecho un caramelo de felicidad, a ver si nos apurábamos[4] a tener enamorada y Cuéllar, golpeando la mesa con su vaso, cómo fue, qué dijo, qué le dijiste, qué hiciste. Pareces un cura, Pichulita, decía Lalo, me estás confesando y Cuéllar cuenta, cuenta, qué más. Se

---

[1] Véase nota 20 de la parte III.
[2] Peruanismo: declararse a una chica (forma popular).
[3] Personaje que cobra una nueva dimensión apareciendo en *La tía Julia y el escribidor* como personaje de radio teatro del personaje Pedro Camacho (página 46).
[4] Americanismo: apresurábamos (Morínigo).

tomaron tres «*Cristales*» y, a medianoche, Pichulita se zampó[5]. Recostado contra un poste, en plena avenida Larco, frente a la Asistencia Pública, vomitó: cabeza de pollo, le decíamos, y también qué desperdicio, botar así la cerveza con lo que costó, qué derroche. Pero él, nos traicionaste, no estaba con ganas de bromear, Lalo traidor, echando espuma, te adelantaste, buitreándose[6] la camisa, caerle a una chica, el pantalón, y ni siquiera contarnos que la siriaba[7], Pichulita, agáchate un poco, te estás manchando hasta el alma, pero él nada, eso no se hacía, qué te importa que me manche, mal amigo, traidor. Después, mientras lo limpiábamos, se le fue la furia y se puso sentimental: ya nunca más te veríamos, Lalo. Se pasaría los domingos con Chabuca y nunca más nos buscarás, maricón. Y Lalo qué ocurrencia, hermano, la hembrita y los amigos eran dos cosas distintas, pero no se oponen, no había que ser celoso, Pichulita, tranquilízate, y ellos dense las manos, pero Cuéllar no quería, que Chabuca le diera la mano, yo no se la doy. Lo acompañamos hasta su casa y todo el camino estuvo murmurando cállate viejo y requintando[8], ya llegamos, entra despacito, despacito, pasito a pasito como un ladrón, cuidadito, si haces bulla tus papis se despertarán y te pescarán. Pero él comenzó a gritar, a ver, a patear la puerta de su casa, que se despertaran y lo pescaran y qué iba a pasar, cobardes, que no nos fuéramos, él no les tenía miedo a sus viejos, que nos quedáramos y viéramos. Se ha picado,

---

[5] Americanismo: se emborrachó (Morínigo).
[6] Americanismo: vomitándose (Santa María).
[7] Americanismo: la cortejaba, la enamoraba (Morínigo).
[8] Peruanismo: insultando, protestando (Morínigo).

decía Mañuco, mientras corríamos hacia la Diagonal, dijiste le caí a Chabuca y mi cumpa cambió de cara y de humor, y Choto era envidia, por eso se emborrachó y Chingolo sus viejos lo iban a matar. Pero no le hicieron nada. ¿Quién te abrió la puerta?, mi mamá y ¿qué pasó?, le decíamos, ¿te pegó? No, se echó a llorar, corazón, cómo era posible, cómo iba a tomar licor a su edad, y también vino mi viejo y lo riñó, no más, ¿no se repetiría nunca?, no papá, ¿le daba vergüenza lo que había hecho?, sí. Lo bañaron, lo acostaron y a la mañana siguiente les pidió perdón. También a Lalo, hermano, lo siento, ¿la cerveza se me subió, no?, ¿te insulté, te estuve fundiendo[9], no? No, qué adefesio, cosa de tragos, choca esos cinco y amigos, Pichulita, como antes, no pasó nada.

Pero pasó algo: Cuéllar comenzó a hacer locuras para llamar la atención. Lo festejaban y le seguíamos la cuerda, ¿a que me robo el carro del viejo y nos íbamos a dar curvas a la Costanera[10], muchachos?, a que no hermano, y él se sacaba el Chevrolet de su papá y se iban a la Costanera; ¿a que bato el récord de Boby Lozano?, a que no hermano, y él vsssst por el Malecón[11] vsssst desde Benavides hasta

[9] Americanismo: relativo a fundir, arruinar, hundir. Por eufemismo se usa en lugar de pegar y es tolerable entre gente bien educada (Santa María).

[10] Americanismo: camino pavimentado a orillas del mar (Morínigo). Línea que une Miraflores al Callao bordeando el mar.

[11] Espacio minuciosamente dibujado en *La ciudad y los perros:* «Luego de atravesar Diego Ferré terminan súbitamente doscientos metros al oeste, en el Malecón de la Reserva, una serpentina que abraza Miraflores con un cinturón de ladrillos rojos y que es el límite extremo de la ciudad, pues ha sido erigido al borde de los acantilados, sobre el ruidoso, gris y limpio mar de la bahía de Lima» (pág. 28).

la Quebrada vsssst en dos minutos cincuenta, ¿lo batí?, sí y Mañuco se persignó, lo batiste, y tú qué miedo tuviste, rosquetón; ¿a que nos invitaba al «*Oh, qué bueno*» y hacíamos perro muerto?[12], a que no hermano, y ellos iban al «*Oh, qué bueno*», nos atragantábamos de hamburguers y de milk-shakes[13], partían uno por uno y desde la iglesia del Santa María[14] veíamos a Cuéllar hacerle un quite al mozo y escapar, ¿qué les dije?; ¿a que me vuelo todos los vidrios de esa casa con la escopeta de perdigones de mi viejo?, a que no, Pichulita, y él se los volaba. Se hacía el loco para impresionar, pero también para ¿viste, viste? sacarle cachita[15] a Lalo, tú no te atreviste y yo sí me atreví. No le perdona la de Chabuca, decíamos, qué odio le tiene.

En Cuarto de Media, Choto le cayó a Fina Salas y le dijo que sí, y Mañuco a Pusy Lañas y también que sí. Cuéllar se encerró en su casa un mes y en el colegio apenas si los saludaba, oye, qué te pasa, nada, ¿por qué no nos buscaba, por qué no salía con ellos?, no le provocaba salir. Se hace el misterioso, decían, el interesante, el torcido, el resentido. Pero poco a poco se conformó y volvió al grupo. Los domingos, Chingolo y él se iban solos a la matiné (solteritos, les decíamos, viuditos), y después mataban el tiempo de cualquier manera, aplanando calles, sin hablar o apenas vamos por aquí, por allá, las manos en los bolsillos, oyendo discos en casa de Cuéllar, leyendo chis-

[12] Peruanismo: Lata, conversación pesada. Aquí se usa en el sentido de broma de mal gusto.

[13] Voz inglesa: batido de leche.

[14] Colegio religioso, definido por Aida, la compañera en San Marcos de Santiago Zavala: «¿Y él?, en el Santa María, ah en un colegio de niñitos bien» (CC., pág. 78).

[15] Americanismo: Hacerle burla (Morínigo).

tes o jugando naipes, y a las nueve se caían por el parque Salazar[16] a buscar a los otros, que a esa hora ya estábamos despidiendo a las enamoradas. ¿Tiraron buen plan?, decía Cuéllar, mientras nos quitábamos los sacos, se aflojaban las corbatas y nos remangábamos los puños en el Billar de la Alameda Ricardo Palma, ¿un plancito firme, muchachos?, la voz enferma de pica, envidia y malhumor, y ellos cállate, juguemos, ¿mano, lengua?, pestañeando como si el humo y la luz de los focos le hincharan los ojos, y nosotros ¿le daba cólera, Pichulita?, ¿por qué en vez de picarse no se conseguía una hembrita y paraba de fregar?, y él ¿se chupetearon?, tosiendo y escupiendo como un borracho, ¿hasta atorarse?, taconeando, ¿les levantaron la falda, les metimos el dedito?, y ellos la envidia lo corroía, Pichulita, ¿bien riquito, bien bonito?, lo enloquecía, mejor se callaba y empezaba. Pero él

---

[16] Este espacio había sido ya fijado por Vargas Llosa al mismo tiempo que marcaba las costumbres y hábitos de los jóvenes miraflorinos: «Estaban en la Avenida Larco, a veinte metros del Parque Salazar... el imán que todas las tardes de domingo atrae hacia el Parque Salazar a los miraflorinos menores de veinte años ejerce su poder sobre ellos desde hace tiempo. No son ajenos a esa multitud, sino parte de ella: van bien vestidos, perfumados, el espíritu en paz; se sienten en familia. Miran a su alrededor y encuentran rostros que les hablan en un lenguaje que es el suyo. Son los mismos rostros que han visto mil veces en la piscina del Terrazas, en la playa de Miraflores, en la Herradura, en el Club Regatas, en los cines Ricardo Palma, Leuro o Montecarlo, los mismos que los reciben en las fiestas de los sábados. Pero no sólo conocen las facciones, la piel, los gestos de esos jóvenes que avanzan como ellos hacia la cita dominical del Parque Salazar; también están al tanto de su vida, de sus problemas, de sus ambiciones» (LCP., pág. 192).

seguía, incansable, ya, ahora en serio, ¿qué les habíamos hecho?, ¿las muchachas se dejaban besar cuánto tiempo?, ¿otra vez, hermano?, cállate, ya se ponía pesado, y una vez Lalo se enojó: mierda, iba a partirle la jeta, hablaba como si las enamoradas fueran cholitas de plan. Los separamos y los hicieron amistar, pero Cuéllar no podía, era más fuerte que él, cada domingo con la misma vaina: a ver ¿cómo les fue?, que contáramos, ¿rico el plan?

En Quinto de Media, Chingolo le cayó a la Bebe Romero y le dijo que no, a la Tula Ramírez y que no, a la China [17] Saldívar y que sí: a la tercera va la vencida, decía, el que la sigue la consigue, feliz. Lo festejamos en el barcito de los cachascanistas [18] de la calle San Martín. Mudo, encogido, triste en su silla del rincón, Cuéllar se aventaba capitán tras capitán: no pongas esa cara, hermano, ahora le tocaba a él. Que se escogiera una hembrita y le cayera, le decíamos, te haremos el bajo, lo ayudaríamos y nuestras enamoradas también. Sí, sí, ya escogería, capitán tras capitán, y de repente, chau, se paró: estaba cansado, me voy a dormir. Si se quedaba iba a llorar, decía Mañuco, y Choto estaba que se aguantaba las ganas, y Chingolo si no lloraba le daba una pataleta como la otra vez. Y Lalo: había que ayudarlo, lo decía en serio, le conseguiríamos una hembrita aunque fuera feíta, y se le quitaría el complejo. Sí, sí, lo ayudaríamos, era

---

[17] Este personaje en *Conversación en La Catedral* se mueve en un medio diferente: el mundo de la prostitución, uno de los temas de la novela (CC., páginas 235 y 240).

[18] Americanismo: los que practican el cachascán, nombre que designa uno de los tipos de lucha libre y que proviene de la voz inglesa Catch-as-catch-can (Morínigo).

buena gente, un poco fregado a veces, pero en su caso cualquiera, se le comprendía, se le perdonaba, se le extrañaba, se le quería, tomemos a su salud, Pichulita, choquen los vasos, por ti.

Desde entonces, Cuéllar se iba solo a la matiné los domingos y días feriados —lo veíamos en la oscuridad de la platea, sentadito en las filas de atrás, encendiendo pucho [19] tras pucho, espiando a la disimulada a las parejas que tiraban plan—, y se reunía con ellos nada más que en las noches, en el billar, en el «*Bransa*», en el «*Cream Rica*» [20], la cara amarga, ¿qué tal domingo?, y la voz ácida, él muy bien y ustedes me imagino que requetebién ¿no?

Pero en verano ya se le había pasado el colerón; íbamos juntos a la playa —a «*La Herradura*» [21], ya no a Miraflores [22]—, en el auto que sus viejos le habían regalado por Navidad, un Ford convertible [23] que tenía el escape abierto,

---

[19] Del quechua puchu, sobrante. Americanismo: la colilla del cigarro o cigarro (Morínigo).

[20] Lugares definidos como «cafetines del centro de Lima». Muy frecuentados por Mario Vargas Llosa, personaje de LTJE. En esta obra son escenarios de gran importancia, ya que allí se dan cita los profesionales de las emisoras de radio limeñas (pág. 150).

[21] Una de las playas elegantes cercana a Miraflores. Lugar habitual para los miraflorinos, como se pone de manifiesto en las obras de Vargas Llosa. Cfr. LCP., pág. 192, y CC., pág. 34.

[22] Aparece descrita en el cuento *Día Domingo*, donde los personajes tienen la misma extracción social que en *Los cachorros*, presentando normas de comportamiento y hábitos similares; al seguir los desplazamientos de estos personajes vemos ya iniciarse la configuración del espacio urbano que, sucesivamente y en distintas obras, fijará Vargas Llosa. Cfr. Mario Vargas Llosa, *Los jefes*, Barcelona, 1974, página 86.

[23] Voz inglesa; en América designa el automóvil cuya capota puede abrirse y cerrarse a voluntad (Morínigo).

no respetaba los semáforos y ensordecía, asustaba a los transeúntes. Mal que mal, se había hecho amigo de las chicas y se llevaba bien con ellas, a pesar de que siempre, Cuéllar, lo andaban fundiendo con la misma cosa: ¿por qué no le caes a alguna muchacha de una vez? Así serían cinco parejas y saldríamos en patota [24] todo el tiempo y estarían para arriba y para abajo juntos, ¿por qué no lo haces? Cuéllar se defendía bromeando, no porque entonces ya no cabrían todos en el poderoso Ford y una de ustedes sería la sacrificada, despistando, ¿acaso nueve no íbamos apachurrados? En serio, decía Pusy, todos tenían enamorada y él no, ¿no te cansas de tocar violín? [25] Que le cayera a la flaca Gamio, se muere por ti, se los había confesado el otro día, donde la China, jugando a la berlina, ¿no te gusta? Cáele, le haríamos corralito [26], lo aceptaría, decídete. Pero él no quería tener enamorada y ponía cara de forajido, prefiero mi libertad, y de conquistador, solterito se estaba mejor. Tu libertad para qué, decía la China, ¿para hacer barbaridades?, y Chabuca, ¿para irse de plancito?, y Pusy, ¿con huachafitas? [27], y él cara de mis-

---

[24] Americanismo: pandilla de jóvenes callejeros que se divierten burlándose de las personas, a veces en forma agresiva y delictuosa (Morínigo).

[25] Americanismo: presenciar las caricias y requiebros mutuos de los enamorados, mientras uno no hace nada (Santa María).

[26] Peruanismo: ayudar o colaborar para que dos jóvenes se enamoren (forma popular).

[27] Peruanismo: diminutivo de huachafa, mujerzuela. Persona generalmente de la clase media pobre, que simula tener lo que no tiene y pretende alternar con otras de mejor posición social, quedando a veces en ridículo (Morínigo). En Vargas Llosa se advierte cómo para la alta burguesía es una casta inferior: «¿Tú le darías yobimbina a una chica decen-

terioso, a lo mejor, de cafiche[28], a lo mejor y de vicioso: podía ser. ¿Por qué ya nunca vienes a nuestras fiestas?, decía Fina, antes venías a todas y eras tan alegre y bailabas tan bien, ¿qué te pasó, Cuéllar? Y Chabuca que no fuera aguado[29], ven y así un día encontrarás una chica que te guste y le caerás. Pero él ni de a vainas[30], de perdido, nuestras fiestas lo aburrían, de sobrado avejentado, no iba porque tenía otras mejores donde me divierto más. Lo que pasa es que no te gustan las chicas decentes, decían ellas, y él como amigas claro que sí, y ellas sólo las cholas, las medio pelo[31], las bandidas y, de pronto, Pichulita,

---

te? A mi enamorada no —dijo Santiago—. Pero por qué no a una huachafita, por ejemplo» (CC., pág. 41). Asimismo, vemos esta misma actitud en CC., páginas 602-607, y LCP., pág. 330.

[28] Peruanismo: el hombre que vive a costa de la prostitución de las mujeres (forma popular).

[29] Americanismo: soso, simple, sin gracia (Santa María).

[30] Peruanismo: de ningún modo (forma popular).

[31] Americanismo: nombre que se aplica a la gente de moralidad dudosa y de bajo nivel social que afecta tener buena educación y relaciones con personas de buena posición social y económica. La frase se aplicó en un principio a la gente mestiza que pretendía ser considerada como blanca (Morínigo). Clase social recogida en obras literarias como, por ejemplo, en *Las tradiciones peruanas* (pág. 59, Ed. Porrúa) o en *Martín Rivas,* novela de Alberto Blest Gana, en la que este grupo social desempeña un papel protagónico: «Colocada la gente que llamamos de *medio pelo* entre la democracia, que desprecia y las *buenas familias,* a las que ordinariamente envidia y quiere copiar, sus costumbres presentan una amalgama curiosa en las que se ven adulteradas con la presunción las costumbres populares y hasta cierto punto en caricatura las de primera jerarquía social, que oculta sus ridiculeces bajo el oropel de la riqueza y de las buenas maneras.» Cfr. Alberto Blest Gana, *Martín Rivas,* Madrid, Cátedra, 1981, pág. 132.

sssí le gggggustabbbban, comenzaba, las chicccas decenttttes, a tartamudear, sssólo qqqque la flaccca Gamio nnno, ellas ya te muñequeaste y él addddemás no habbbía tiempo por los exámmmenes y ellos déjenlo en paz, salíamos en su defensa, no lo van a convencer, él tenía sus plancitos, sus secretitos, apúrate hermano, mira qué sol, «*La Herradura*» debe estar que arde, hunde la pata, hazlo volar al poderoso Ford.

Nos bañábamos frente a «*Las Gaviotas*» y, mientras las cuatro parejas se asoleaban en la arena, Cuéllar se lucía corriendo olas. A ver ésa que se está formando, decía Chabuca, ésa tan grandaza ¿podrás? Pichulita se paraba de un salto, le había dado en la yema del gusto, en eso al menos podía ganarnos: lo iba a intentar, Chabuquita, mira. Se precipitaba —corría sacando pecho, echando la cabeza atrás— se zambullía, avanzaba braceando lindo, pataleando parejito, qué bien nada, decía Pusy, alcanzaba el tumbo[32] cuando iba a reventar, fíjate la va a correr, se atrevió decía la China, se ponía a flote y metiendo apenas la cabeza, un brazo tieso y el otro golpeando, jalando el agua como un campeón, lo veíamos subir hasta la cresta de la ola, caer con ella, desaparecer en un estruendo de espuma, fíjense fíjense, en una de ésas lo va a revolcar decía Fina, y lo veían reaparecer y venir arrastrado por la ola, el cuerpo arqueado, la cabeza afuera, los pies cruzados en el aire, y lo veíamos llegar hasta la orilla suavecito, empujadito por los tumbos.

Qué bien las corre, decían ellas mientras Cuéllar se revolvía contra la resaca, nos hacía adiós y de nuevo se arreaba al mar, era tan

---

[32] Peruanismo: olas.

simpático, y también pintón[33], ¿por qué no tenía enamorada? Ellos se miraban de reojo, Lalo se reía, Fina qué les pasa, a qué venían esas carcajadas, cuenten, Choto enrojecía, venían porque sí, de nada y además de qué hablas, qué carcajadas, ella no te hagas y él no, si no se hacía, palabra. No tenía porque es tímido, decía Chingolo, y Pusy no era, qué iba a ser, más bien un fresco, y Chabuca ¿entonces por qué? Está buscando pero no encuentra, decía Lalo, ya le caerá a alguna, y la China falso, no estaba buscando, no iba nunca a fiestas, y Chabuca ¿entonces por qué? Saben, decía Lalo, se cortaba la cabeza que sí, sabían y se hacían las que no, ¿para qué?, para sonsacarles, si no supieran por qué tantos porqué, tanta mirada rarita, tanta malicia en la voz. Y Choto: no, te equivocas, no sabían, eran preguntas inocentes, las muchachas se compadecían de que no tuviera hembrita a su edad, les da pena que ande solo, lo querían ayudar. Tal vez no saben pero cualquier día van a saber, decía Chingolo, y será su culpa ¿qué le costaba caerle a alguna aunque fuera sólo para despistar?, y Chabuca ¿entonces por qué?, y Mañuco qué te importa, no lo fundas tanto, el día menos pensado se enamoraría, ya vería, y ahora cállense que ahí está.

A medida que pasaban los días, Cuéllar se volvía más huraño con las muchachas, más lacónico y esquivo. También más loco: aguó la fiesta de cumpleaños de Pusy arrojando una sarta de cuetes[34] por la ventana, ella se echó a llorar y Mañuco se enojó, fue a buscarlo, se

---

[33] Americanismo: se dice del muchacho que afecta ser mayor (Morínigo).
[34] Americanismo: corrupción del término cohete (Morínigo).

trompearon, Pichulita le pegó. Tardamos una semana en hacerlos amistar, perdón Mañuco, caray, no sé qué me pasó, hermano, nada, más bien yo te pido perdón, Pichulita, por haberme calentado, ven ven, también Pusy te perdonó y quiere verte; se presentó borracho en la Misa de Gallo y Lalo y Choto tuvieron que sacarlo en peso al Parque, suéltenme, delirando, le importaba un pito, buitreando, quisiera tener un revólver, ¿para qué, hermanito?, con diablos azules, ¿para matarnos?, sí y lo mismo a ése que pasa pam pam y a ti y a mí también pam pam; un domingo invadió la Pelouse del Hipódromo [35] y con su Ford ffffuum embestía a la gente ffffuum que chillaba y saltaba las barreras, aterrada, ffffuum. En los Carnavales, las chicas le huían: las bombardeaba con proyectiles hediondos, cascarones, frutas podridas, globos inflados con pipí y las refregaba con barro, tinta, harina, jabón (de lavar ollas) y betún: salvaje, le decían, cochino, bruto, animal, y se aparecía en la fiesta del «*Terrazas*», en el Infantil del Parque de Barranco [36], en el baile del «*Lawn Tennis* [37], sin disfraz, un chisguete de éter [38] en cada mano, píquiti píquiti

---

[35] Peruanismo: lugar destacado, ocupado generalmente por los socios desde donde presencian las carreras de caballos.

[36] Es un lugar fijado desde la perspectiva de un personaje de *La ciudad y los perros:* «Alberto camina por las serenas calles de Barranco entre casonas descoloridas de principio de siglo, separadas de la calle por jardines profundos. Los árboles altos y frondosos proyectan en el pavimento sombras que parecen arañas» (pág. 24).

[37] Club del centro de Lima, situado en el casco urbano. Voz inglesa: pista de tenis con césped.

[38] Artículo de broma utilizado en los Carnavales, bombona de vidrio que al presionarla deja salir un chorro de éter.

juas, le di, le di en los ojos, ja ja, píquiti píquiti juas, la dejé ciega, ja ja, o armado con un bastón para enredarlo en los pies de las parejas y echarlas al suelo: bandangán. Se trompeaba, le pegaban, a veces lo defendíamos pero no escarmienta con nada, decíamos, en una de éstas lo van a matar.

Sus locuras le dieron mala fama y Chingolo, hermano, tienes que cambiar, Choto, Pichulita, te estás volviendo antipático, Mañuco, las chicas ya no querían juntarse con él, te creían un bandido, un sobrado y un pesado. Él, a veces tristón, era la última vez, cambiaría, palabra de honor, y a veces matón, ¿bandido, ah sí?, ¿eso decían de mí las rajonas? [39], no le importaba, las pituquitas [40] se las pasaba, le resbalaban, por aquí.

En la fiesta de promoción —de etiqueta, dos orquestas, en el Country Club [41]—, el único ausente de la clase fue Cuéllar. No seas tonto, le decíamos, tienes que venir, nosotros te buscamos una hembrita, Pusy ya le habló a Margot [42], Fina a Ilse, la China a Elena, Chabuca a Flora [43], todas querían, se morían por ser tu pareja, escoge y ven a la fiesta. Pero él no, qué ridículo ponerse smoking, no iría, que más bien

---

[39] Peruanismo: relativo a rajar, hablar mal de una persona.

[40] Americanismo: diminutivo de pituca: presumida, cursi (Morínigo).

[41] Un elegante y antiguo club de Lima dependiente del hotel Bolívar; se halla en el barrio de San Isidro.

[42] De manera semejante a otros, este personaje sufre una degradación con el nuevo papel que desempeña en otra obra: «Que va a ser una artista ésa —dice Ambrosio—. Se llama Margot y es una polilla más conocida que la ruda. Todos los días cae por la Catedral» (CC., pág. 524).

[43] Personaje más desarrollado en *Día Domingo.* Es la protagonista femenina de la historia del grupo de miraflorinos *(Los jefes,* pág. 77).

nos juntáramos después. Bueno Pichulita, como quisiera, que no fuera, eres contra el tren, que nos esperara en «*El Chasqui*» a las dos, dejaríamos a las muchachas en sus casas, lo recogeríamos y nos iríamos a tomar unos tragos, a dar unas vueltas por ahí, y él tristoncito eso sí.

IV

Al año siguiente, cuando Chingolo y Mañuco estaban ya en Primero de Ingeniería, Lalo en Pre-Médica y Choto comenzaba a trabajar en la «*Casa Wiese*» y Chabuca ya no era enamorada de Lalo sino de Chingolo y la China ya no de Chingolo sino de Lalo, llegó a Miraflores Teresita Arrarte [1]: Cuéllar la vio y, por un tiempo al menos, cambió. De la noche a la mañana dejó de hacer locuras y de andar en mangas de camisa, el pantalón chorreado y la peluca revuelta. Empezó a ponerse corbata y saco, a peinarse con montaña [2] a lo Elvis Presley y a lustrarse los zapatos: qué te pasa, Pichulita, estás que no se te reconoce, tranquilo chino. Y él

[1] Es también el nombre de la protagonista de LCP. Este personaje, al pasar a la historia de Cuéllar, sigue cumpliendo la misma función en sus relaciones con los protagonistas masculinos de las dos obras; sin embargo, hay un cambio con respecto a su condición social, ya que en *La ciudad y los perros*, Teresa pertenece a la pequeña burguesía, vive en el barrio de Lince. Este hecho determina las grandes diferencias que se dan entre las dos versiones del personaje (LCP., págs. 329-333). Para un estudio de este personaje, cfr. Mario Benedetti, «Vargas Llosa y su fértil escándalo», en *Letras del continente mestizo*, Montevideo, 1970, pág. 262.

[2] Peruanismo: tupé (forma popular).

nada, de buen humor, no me pasa nada, había que cuidar un poco la pinta ¿no?, soplándose sobándose las uñas, parecía el de antes. Qué alegrón, hermano, le decíamos, qué revolución verte así, ¿no será que? y él, como una melcocha, a lo mejor, ¿Teresita?, de repente pues, ¿le gustaba?, puede que sí, como un chicle, puede que sí.

De nuevo se volvió sociable, casi tanto como de chiquito. Los domingos aparecía en la misa de doce (a veces lo veíamos comulgar) y a la salida se acercaba a las muchachas del barrio ¿cómo están?, qué hay Teresita, ¿íbamos al Porque?, que nos sentáramos en esa banca que había sombrita. En las tardes, al oscurecer, bajaba a la Pista de Patinaje y se caía y se levantaba, chistoso y conversador, ven ven Teresita, él le iba a enseñar, ¿y si se caía?, no qué va, él le daría la mano, ven ven, una vueltecita no más, y ella bueno, coloradita y coqueta, una sola pero despacito, rubiecita, potoncita [3] y con sus dientes de ratón, vamos pues. Le dio también por frecuentar el «*Regatas*» [4], papá, que se hiciera socio, todos sus amigos iban y su viejo okey, compraré una acción, ¿iba a ser boga, muchacho?, sí, y el Bowling [5] de la Diagonal. Hasta se daba sus vueltas los domingos en la tarde por el parque Salazar, y se lo veía siempre risueño. Teresita ¿sabía en qué se parecía un elefante a Jesús?, servicial, ten mis anteojos, Teresita, hay mucho sol, habla-

[3] Americanismo: relativo a poto, trasero; voz mapuche (nombre de los indios llamados también araucanos) (Morínigo).

[4] Club deportivo aristocrático donde se practican diversos deportes. Frecuentado por los jóvenes de la alta burguesía como queda recogido en las obras de Vargas Llosa (CC., págs. 402-404, y LCP., pág. 192).

[5] Voz inglesa: campeón en el juego de bolos (Morínigo).

dor, ¿qué novedades, Teresita, por tu casa todos bien? y convidador ¿un hot-dog[6], Teresita, un sandwichito, un milk-shake?

Ya está, decía Fina, le llegó su hora, se enamoró. Y Chabuca qué templado estaba, la miraba a Teresita y se le caía la baba, y ellos en las noches, alrededor de la mesa de billar, mientras lo esperábamos ¿le caerá?, Choto ¿se atreverá?, y Chingolo ¿Tere sabrá? Pero nadie se lo preguntaba de frente y él no se daba por enterado con las indirectas, ¿viste a Teresita?, sí, ¿fueron al cine?, a la de Ava Gardner, a la matiné, ¿y qué tal?, buena, bestial, que fuéramos, no se la pierdan. Se quitaba el saco, se arremangaba la camisa, cogía el taco, pedía cerveza para los cinco, jugaban y una noche, luego de una carambola real, a media voz, sin mirarnos: ya está, lo iban a curar. Marcó sus puntos, lo iban a operar, y ellos ¿qué decía, Pichulita?, ¿de veras te van a operar?, y él como quien no quiere la cosa ¿qué bien, no? Se podía, sí, no aquí sino en Nueva York, su viejo lo iba a llevar, y nosotros qué magnífico, hermano, qué formidable, qué notición, ¿cuándo iba a viajar?, y él pronto, dentro de un mes, a Nueva York, y ellos que se riera, canta, chilla, ponte feliz, hermanito, qué alegrón. Sólo que no era seguro todavía, había que esperar una respuesta del doctor, mi viejo ya le escribió, no un doctor sino un sabio, un cráneo de esos que tienen allá y él, papá ¿ya llegó?, no, y al día siguiente ¿hubo correo, mamá?, no corazón, cálmate, ya llegará, no había que ser impaciente y por fin llegó y su viejo lo agarró del hombro: no, no se podía, muchacho, había que tener valor. Hombre, qué lástima, le decían

[6] Voz inglesa: en América emparedado de salchicha.

ellos, y él pero puede que en otras partes sí, en Alemania por ejemplo, en París, en Londres, su viejo iba a averiguar, a escribir mil cartas, se gastaría lo que no tenía, muchacho, y viajaría, lo operarían y se curaría, y nosotros claro, hermanito, claro que sí, y cuando se iba, pobrecito, daban ganas de llorar. Choto: en qué maldita hora vino Teresita al barrio, y Chingolo él se había conformado y ahora está desesperado y Mañuco pero a lo mejor más tarde, la ciencia adelantaba tanto ¿no es cierto?, descubrirían algo y Lalo no, su tío el médico le había dicho no, no hay forma, no tiene remedio y Cuéllar ¿ya papá?, todavía, ¿de París, mamá?, ¿y si de repente en Roma?, ¿de Alemania, ya?

Y entretanto comenzó de nuevo a ir a fiestas y, como para borrar la mala fama que se había ganado con sus locuras de rocanrolero[7] y comprarse a las familias, se portaba en los cumpleaños y salchicha-parties[8] como un muchacho modelo: llegaba puntual y sin tragos, un regalito en la mano, Chabuquita, para ti, feliz cumplete, y estas flores para tu mamá, dime ¿vino Teresita? Bailaba muy tieso, muy correcto, pareces un viejo, no apretaba a su pareja, a las chicas que planchaban[9] ven gordita vamos a bailar, y conversaba con las mamás, los papás, y atendía sírvase señora a las tías, ¿le paso un juguito?, a los tíos ¿un traguito?, galante, qué bonito su collar, cómo brillaba su anillo, locuaz, ¿fue a las carreras, señor, cuán-

---

[7] Peruanismo: gamberro (forma popular).

[8] Peruanismo: expresión que designa a un grupo de personas que se reúnen para comer salchichas.

[9] Americanismo: relativo a planchar, quedarse una mujer en un baile sin llegar a ser invitada a bailar (Morínigo).

do se saca el pollón?[10] y piropeador, es usted una criolla[11] de rompe y raja, señora, que le enseñara a quebrar así, don Joaquín, qué daría por bailar así.

Cuando estábamos conversando, sentados en una banca del Parque, y llegaba Teresita Arrarte, en una mesa del «*Cream Rica*», Cuéllar cambiaba, o en el barrio, de conversación: quiere asombrarla, decían, hacerse pasar por un cráneo, la trabaja por la admiración. Hablaba de cosas raras y difíciles: la religión (¿Dios que era todopoderoso podía acaso matarse siendo inmortal?, a ver, quién de nosotros resolvía el truco), la política (Hitler no fue tan loco como contaban, en unos añitos hizo de Alemania un país que se le emparó a todo el mundo ¿no?, qué pensaban ellos), el espiritismo (no era cosa de superstición sino ciencia, en Francia había mediums en la Universidad y no sólo llaman a las almas, también las fotografían, él había visto un libro, Teresita, si quería lo conseguía y te lo presto). Anunció que iba a estudiar: el año próximo entraría a la Católica[12] y ella disforzada qué bien, ¿qué carrera iba a seguir? y le metía por los ojos sus manitas blancas, seguiría abogacía, sus deditos gordos y sus uñas largas, ¿abogacía? ¡uy, qué

---

[10] Peruanismo: conseguir el primer premio de las apuestas semanales en las carreras de caballos (expresión popular).

[11] (Del portugués crioulo.) Blanco nacido en colonias. En Perú indica lo nacional en contraposición a lo extranjero (Morínigo).

[12] La Universidad Católica del Perú; una de las siete universidades limeñas. Es de carácter privado. Como testimonia Vargas Llosa, este centro alberga a los jóvenes peruanos de las clases sociales más elevadas: «Zoila tiene razón, en San Marcos perderá las relaciones —dijo la vieja de Popeye—. Los muchachos bien van a la Católica» (CC., pág. 35).

feo!, pintadas color natural, entristeciéndose y él pero no para ser picapleitos sino para entrar a Torre Tagle [13] y ser diplomático, alegrándose, manitas, ojos, pestañas, y él sí, el Ministro era amigo de su viejo, ya le había hablado, ¿diplomático?, boquita, ¡uy, qué lindo! y él, derritiéndose, muriéndose, por supuesto, se viajaba tanto, y ella también eso y además uno se pasaba la vida en fiestas: ojitos.

El amor hace milagros, decía Pusy, qué formalito se ha puesto, qué caballerito. Y la China: pero era un amor de lo más raro, ¿si estaba tan templado [14] de Tere por qué no le caía de una vez?, y Chabuca eso mismo ¿qué esperaba?, ya hacía más de dos meses que la perseguía y hasta ahora mucho ruido y pocas nueces, qué tal plan. Ellos, entre ellos, ¿sabrán o se harán?, pero frente a ellas lo defendíamos disimulando: despacito se iba lejos, muchachas. Es cosa de orgullo, decía Chingolo, no querrá arriesgarse hasta estar seguro que lo va a aceptar. Pero claro que lo iba a aceptar, decía Fina, ¿no le hacía ojitos, mira a Lalo y la China qué acarameladitos, y le lanzaba indirectas, qué bien patinas, qué rica tu chompa [15], qué abrigadita y hasta se le declaraba jugando, mi pareja serás tú? Justamente por eso desconfía, decía Mañuco, con las coquetas como Tere nunca se sabía, parecía y después no. Pero Fina y Pusy no, mentira, ellas le habían

---

[13] José Bernardo de Tagle y Portocarrero, político peruano, marqués de Torre Tagle. De familia oriunda de España; fue colaborador de San Martín en el proceso de independencia de Perú. El palacio del marqués de Torre Tagle alberga actualmente el Ministerio de Relaciones Exteriores (Larousse).

[14] Americanismo: enamorado (Morínigo).

[15] Americanismo: blusa holgada de mangas, generalmente en tejido de punto, similar al suéter inglés (Morínigo).

preguntado ¿lo aceptarás? y ella dio a entender que sí, y Chabuca ¿acaso no salía tanto con él, en las fiestas no bailaba sólo con él, en el cine con quién se sentaba sino con él? Más claro no cantaba un gallo: se muere por él. Y la China más bien tanto esperar que le cayera se iba a cansar, aconséjenle que de una vez y si quería una oportunidad se la daríamos, una fiestecita por ejemplo el sábado, bailarían un ratito, en mi casa o en la de Chabuca o donde Fina, nos saldríamos al jardín y los dejarían solos a los dos, qué más podía pedir. Y en el billar: no sabían, qué inocentes, o qué hipócritas, sí sabían y se hacían.

Las cosas no pueden seguir así, dijo Lalo un día, lo tenía como a un perro, Pichulita se iba a volver loco, se podía hasta morir de amor, hagamos algo, ellos sí pero qué, y Mañuco averiguar si de veras Tere se muere por él o era cosa de coquetería. Fueron a su casa, le preguntamos, pero ella sabía las de Quico y Caco, nos come a los cuatro juntos, decían. ¿Cuéllar?, sentadita en el balcón de su casa, pero ustedes no le dicen Cuéllar sino una palabrota fea, balanceándose para que la luz del poste le diera en las piernas, ¿se muere por mí?, no estaban mal, ¿cómo sabíamos? Y Choto no te hagas, lo sabía y ellos también y las chicas y por todo Miraflores lo decían y ella, ojos, boca, naricita, ¿de veras?, como si viera a un marciano: primera noticia. Y Mañuco anda Teresita, que fuera franca, a calzón quitado [16], ¿no se daba cuenta cómo la miraba? Y ella ay, ay, ay, palmoteando, manitas, dientes, zapatitos, que miráramos, ¡una mariposa!, que corriéramos, la cogiéramos y se la trajéramos. La mi-

[16] Americanismo: hablar con franqueza (expresión popular).

raría, sí, pero como un amigo y, además, qué bonita, tocándole las alitas, deditos, uñas, vocecita, la mataron, pobrecita, nunca le decía nada. Y ellos qué cuento, qué mentira, algo le diría, por lo menos la piropearía y ella no, palabra, en su jardín le haría un huequito y la enterraría, un rulito, el cuello, las orejitas, nunca, nos juraba. Y Chingolo ¿no se daba cuenta acaso cómo la seguía?, y Teresita la seguiría pero como amigo, ay, ay, ay, zapateando, puñitos, ojazos, no estaba muerta la bandida ¡se voló!, cintura y tetitas, pues, si no, siquiera le habría agarrado la mano ¿no? o mejor dicho intentado ¿no?, ahí está, ahí, que corriéramos, o se le habría declarado ¿no?, y de nuevo la cogiéramos: es que es tímido, decía Lalo, tenla pero, cuidado, te vas a manchar, y no sabe si lo aceptarás, Teresita, ¿lo iba a aceptar? y ella aj, aj, arruguitas, frentecita, la mataron y la apachurraron, un hoyito en los cachetes, pestañitas, cejas, ¿a quién? y nosotros cómo a quién y ella mejor la botaba, así como estaba, toda apachurrada, para qué la iba a enterrar: hombritos. ¿Cuéllar?, y Mañuco sí, ¿le daba bola?[17], no sabía todavía y Choto entonces sí le gustaba, Teresita, sí le daba bola, y ella no había dicho eso, sólo que no sabía, ya vería si se presentaba la ocasión pero seguro que no se presentaría y ellos a que sí. Y Lalo ¿le parecía pintón?, y ella ¿Cuéllar?, codos, rodillas, sí, era un poquito pintón ¿no? y nosotros ¿ves, ves cómo le gustaba? y ella no había dicho eso, no, que no le hiciéramos trampas, miren, la mariposita brillaba entre los geranios del jardín ¿o era otro bichito?, la punta del dedito, el pie, un taconcito blanco. Pero

---

[17] Peruanismo: aceptar a una persona (forma popular).

por qué tenía ese apodo tan feo, éramos muy malcriados, por qué no le pusieron algo bonito como al Pollo, a Boby, a Supermán o al Conejo Villarán, y nosotros sí le daba, sí le daba ¿veía?, lo compadecía por su apodo, entonces sí lo quería, Teresita, y ella ¿quería?, un poquito, ojos, carcajadita, sólo como amigo, claro. Se hace la que no, decíamos, pero no hay duda que sí: que Pichulita le caiga y se acabó, hablémosle. Pero era difícil y no se atrevían.

Y Cuéllar, por su parte, tampoco se decidía: seguía noche y día detrás de Teresita Arrarte, contemplándola, haciéndole gracias, mimos y en Miraflores los que no sabían se burlaban de él, calentador[18], le decían, pura pinta[19], perrito faldero y las chicas le cantaban «*Hasta cuándo, hasta cuándo*» para avergonzarlo y animarlo. Entonces, una noche lo llevamos al «*Cine Barranco*» y, al salir, hermano, vámanos a «*La Herradura*» en tu poderoso Ford y él okey, se tomarían unas cervezas y jugarían futbolín, regio. Fuimos en su poderoso Ford, roncando, patinando en las esquinas y en el Malecón de Chorrillos un cachaco[20] los paró, íbamos a más de cien, señor, cholito, no seas así, no había que ser malito, y nos pidió brevete[21] y tuvieron que darle una libra, ¿señor?, tómate unos piscos[22] a nuestra salud, cholito, no hay que ser malito, y en «*La Herradura*» bajaron y se sentaron en una mesa de «*El Nacional*»: qué cholada, hermano, pero esa huachafita no estaba

---

[18] Americanismo: el que propicia el enfado de otro (Morínigo).

[19] Peruanismo: sólo apariencias (expresión popular).

[20] Peruanismo: policía o guardia civil. Cfr. LCV., páginas 244-245.

[21] Peruanismo: carnet de conducir.

[22] Americanismo: aguardiente de uva muy estimado que se fabrica en Pisco (Perú). (Morínigo.)

mal y cómo bailan, era más chistoso que el circo. Nos tomamos dos «*Cristales*» y no se atrevían, cuatro y nada, seis y Lalo comenzó. Soy tu amigo, Pichulita, y él se rio ¿borracho ya? y Mañuco te queremos mucho, hermano, y él ¿ya?, riéndose, ¿borrachera cariñosa tú también? y Chingolo: querían hablarle, hermano, y también aconsejarlo. Cuéllar cambió, palideció, brindó, qué graciosa esa pareja ¿no?, él un renacuajo y ella una mona ¿no?, y Lalo para qué disimular, patita[23], ¿te mueres por Tere, no? y él tosió, estornudó, y Mañuco, Pichulita, dinos la verdad ¿sí o no? y él se rio, tristón y temblón, casi no se le oyó: ssse mmmoría, sssí. Dos «*Cristales*» más y Cuéllar no sabía qqqué iba a hacer, Choto, ¿qué podía hacer? y él caerle y él no puede ser, Chingolito, cómo le voy a caer y él cayéndole, patita, declarándole su amor, pues, te va a decir sí. Y él no era por eso, Mañuco, le podía decir sí pero ¿y después? Tomaba su cerveza y se le iba la voz y Lalo después sería después, ahora cáele y ya está, a lo mejor dentro de un tiempo se iba a curar y él, Chotito, ¿y si Tere sabía, si alguien se lo decía?, y ellos no sabía, nosotros ya la confesamos, se muere por ti y a él le volvía la voz ¿se muere por mí? y nosotros sí, y él claro que tal vez dentro de un tiempo me puedo curar ¿nos parecía que sí? y ellos sí, sí, Pichulita, y en todo caso no puedes seguir así, amargándose, enflaqueciéndote, chupándose[24]: que le cayera de una vez. Y Lalo ¿cómo podía dudar? Le caería, tendría enamorada y él ¿qué haría? y Choto tiraría plan y Mañuco le agarraría la mano y Chingolo la besaría y Lalo la paletearía[25] su poquito y él ¿y des-

[23] Peruanismo: amigo (forma popular).
[24] Peruanismo: acobardándose.
[25] Peruanismo: dar amistad.

pués? y se le iba la voz y ellos ¿después?, y él después, cuando crecieran y tú te casaras, y él y tú y Lalo: qué absurdo, cómo ibas a pensar en eso desde ahora, y además es lo de menos. Un día la largaría, le buscaría pleito con cualquier pretexto y pelearía y así todo se arreglaría y él, queriendo y no queriendo hablar: justamente era eso lo que no quería, porque, porque la quería. Pero un ratito después —diez «*Cristales*» ya— hermanos, teníamos razón, era lo mejor: le caeré, estaré un tiempo con ella y la largaré.

Pero las semanas corrían y nosotros cuándo, Pichulita, y él mañana, no se decidía, le caería mañana, palabra, sufriendo como nunca lo vieron antes ni después, y las chicas «*estás perdiendo el tiempo, pensando, pensando*» cantándole el bolero «*Quizás, quizás, quizás*». Entonces le comenzaron las crisis: de repente tiraba el taco al suelo en el Billar, ¡cáele, hermano!, y se ponía a requitar a las botellas o a los puchos, y le buscaba lío a cualquiera o se le saltaban las lágrimas, mañana, esta vez era verdad, por su madre que sí: me le declaro o me mato. «*Y así pasan los días, y tú desesperando...*» y él se salía de la vermuth y se ponía a caminar, a trotar por la Avenida Larco, déjenme, como un caballo loco, y ellos detrás, váyanse, quería estar solo, y nosotros cáele, Pichulita, no sufras, cáele, cáele, «*quizás, quizás, quizás*». O se metía en «*El Chasqui*» y tomaba, qué odio sentía, Lalo, hasta emborracharse, qué terrible pena, Chotito, y ellos lo acompañaban, ¡tengo ganas de matar, hermano!, y lo llevábamos medio cargado hasta la puerta de su casa, Pichulita, decídete de una vez, cáele, y ellas mañana y tarde «*por lo que tú más quieras, hasta cuándo, hasta cuándo*».

Le hacen la vida imposible, decíamos, acabará borrachín, forajido, locumbeta[26].

Así terminó el invierno, comenzó otro verano y con el calor llegó a Miraflores un muchacho de San Isidro que estudiaba arquitectura, tenía un Pontiac y era nadador: Cachito Arnilla. Se arrimó al grupo y al principio ellos le poníamos mala cara y las chicas qué haces tú aquí, quién te invitó, pero Teresita déjenlo, blusita blanca, no lo fundan, Cachito[27] siéntate a mi lado, gorrita de marinero, blue jeans, yo lo invité. Y ellos, hermano, ¿no veía?, y él sí, la está siriando, bobo, te la va a quitar, adelántate o vas muerto, y él y qué tanto que se la quitara y nosotros ¿ya no le importaba? y él qqqué le ibbba a importar y ellos ¿ya no la quería?, qqqué la ibbba a qqquerrer.

Cachito le cayó a Teresita a fines de enero y ella que sí: pobre Pichulita, decíamos, qué amargada y de Tere qué coqueta, qué desgraciada, qué perrada le hizo. Pero las chicas ahora la defendían: bien hecho, de quién iba a ser la culpa sino de él, y Chabuca ¿hasta cuándo iba a esperar la pobre Tere que se decidiera?, y la China qué iba a ser una perrada, al contrario, la perrada se la hizo él, la tuvo perdiendo su tiempo tanto tiempo y Pusy además Cachito era muy bueno, Fina y simpático y pintón y Chabuca y Cuéllar un tímido y la China un maricón.

---

26 Americanismo: loco (Morínigo).

27 Americanismo: diminutivo de cacho que significa cuerno. Nombre alusivo: este personaje es el que disputa a Cuéllar el amor de Teresita Arrarte.

V

Entonces Pichula Cuéllar volvió a las andadas. Qué bárbaro, decía Lalo, ¿corrió olas en Semana Santa? Y Chingolo: olas no, olones de cinco metros, hermano, así de grandes, de diez metros. Y Choto: hacían un ruido bestial, llegaban hasta las carpas[1], y Chabuca más, hasta el Malecón, salpicaban los autos de la pista y, claro, nadie se bañaba. ¿Lo había hecho para que lo viera Teresita Arrarte?, sí, ¿para dejarlo mal al enamorado?, sí. Por supuesto, como diciéndole Tere fíjate a lo que me atrevo y Cachito a nada, ¿así que era tan nadador?, se remoja en la orillita como las mujeres y las criaturas, fíjate a quién te has perdido, qué bárbaro.

¿Por qué se pondría el mar tan bravo en Semana Santa?, decía Fina, y la China de cólera porque los judíos mataron a Cristo, y Choto ¿los judíos los habían matado?, él creía que los romanos, qué sonso. Estábamos sentados en el Malecón, Fina, en ropa de baño, Choto, las piernas al aire, Mañuco, los olones reven-

[1] Americanismo: tiendas de campaña. Los diccionarios americanos traen como etimología la voz carpa a la que atribuyen origen quechua pero Morínigo cree que tiene un origen peninsular (Morínigo).

taban, la China, y venían y nos mojaban los pies, Chabuca, qué fría estaba, Pusy, y qué sucia, Chingolo, el agua negra y la espuma café, Teresita, llena de yerbas y malaguas[2] y Cachito Arnilla, y en eso pst pst, fíjense, ahí venía Cuéllar. ¿Se acercaría, Teresita?, ¿se haría el que no te veía? Cuadró el Ford frente al Club de Jazz de «*La Herradura*», bajó, entró a «*Las Gaviotas*» y salió en ropa de baño —una nueva, decía Choto, una amarilla, una Jantsen y Chingolo hasta en eso pensó, lo calculó todo para llamar la atención ¿viste, Lalo?—, una toalla al cuello como una chalina[3] y anteojos de sol. Miró con burla a los bañistas asustados, arrinconados entre el Malecón y la playa y miró los olones alocados y furiosos que sacudían la arena y alzó la mano, nos saludó y se acercó. Hola Cuéllar, ¿qué tal ensartada[4], no?, hola, hola, cara de que no entendía, ¿mejor hubieran ido a bañarse a la piscina del «*Regatas*», no?, qué hay, cara de porqué, qué tal. Y por fin cara de ¿por los olones?: no, qué ocurrencia, qué tenían, qué nos pasaba (Pusy: la saliva por la boca y la sangre por las venas, ja ja), si el mar estaba regio así, Teresita ojitos, ¿lo decía en serio?, sí, formidable hasta para correr olas, ¿estaba bromeando, no?, manitas y Cachito ¿él se atrevería a bajarlas?, claro, a puro pecho o con colchón, ¿no le creíamos?, no, ¿de eso nos reíamos?, ¿tenían miedo?, ¿de veras?, y Tere ¿él no tenía?, no, ¿iba a entrar?, sí, ¿iba a correr olas?, claro: grititos. Y lo vieron quitarse la toalla, mirar a Teresita Arrarte (¿se pondría colorada, no?, decía Lalo, y

---

[2] Americanismo: medusas.

[3] Americanismo: chal usado a manera de boa (Santa María).

[4] Americanismo: error, equivocación, meterse en un lío (Morínigo).

Choto no, qué se iba a poner, ¿y Cachito?, sí, él se muñequeó) y bajar corriendo las gradas del Malecón y arrearse al agua dando un mortal. Y lo vimos pasar rapidito la resaca de la orilla y llegar en un dos por tres a la reventazón[5]. Venía una ola y él se hundía y después salía y se metía y salía, ¿qué parecía?, un pescadito, un bufeo[6], un gritito, ¿dónde estaba?, otro, mírenlo, un bracito, ahí, ahí. Y lo veían alejarse, desaparecer, aparecer y achicarse hasta llegar donde empezaban los tumbos, Lalo qué tumbos: grandes, temblones, se levantaban y nunca caían, saltitos, ¿era esa cosita blanca?, nervios, sí. Iba, venía, volvía, se perdía entre la espuma y las olas y retrocedía y seguía, ¿qué parecía?, un patillo, un barquito de papel, y para verlo mejor Teresita se paró, Chabuca, Choto, todos, Cachito también, pero ¿a qué hora las iba a correr? Se demoró pero por fin se animó. Se volteó hacia la playa y nos buscó y él nos hizo y ellos le hicieron adiós, adiós, toallita. Dejó pasar uno, dos, y al tercer tumbo lo vieron, lo adivinamos meter la cabeza, impulsarse con un brazo para pescar la corriente, poner el cuerpo duro y patalear. La agarró, abrió los brazos, se elevó (¿un olón de ocho metros?, decía Lalo, más, ¿cómo el te-

---

[5] Americanismo: reventadero, lugar de la orilla del mar donde revientan o quiebran las olas altas, siguiendo ya deshechas en espumas hasta la playa (Santa María).

[6] Americanismo: nombre popular que se da a la tonina o delfín (frecuente en los ríos amazónicos). Se llama así porque al salir a la superficie expelen chorros de agua por las narices y producen un resoplido especial. Testimonian la existencia del bufeo en América cronistas como Oviedo y Gómara (Santa María). Algunas de las creencias míticas en torno a este animal, como su poder afrodisíaco, son recogidas por Vargas Llosa. Cfr. PLV., pág. 88.

cho?, más, ¿cómo la catarata del Niágara, entonces?, más, mucho más) y cayó con la puntita de la ola y la montaña de agua se lo tragó y apareció el olón, ¿salió, salió? y se acercó roncando como un avión, vomitando espuma, ¿ya, lo vieron, ahí está?, y por fin comenzó a bajar, a perder fuerza y él apareció, quietecito, y la ola lo traía suavecito, forrado de yuyos[7], cuánto aguantó sin respirar, qué pulmones, y lo varaba en la arena, qué bárbaro: nos había tenido con la lengua afuera, Lalo, no era para menos, claro. Así fue cómo recomenzó.

A mediados de ese año, poco después de Fiestas Patrias, Cuéllar entró a trabajar en la fábrica de su viejo: ahora se corregirá, decían, se volverá un muchacho formal. Pero no fue así, al contrario. Salía de la oficina a las seis y a las siete estaba ya en Miraflores y a las siete y media en «*El Chasqui*», acodado en el mostrador, tomando (una «*Cristal*» chica, un capitán) y esperando que llegara algún conocido para jugar cacho[8]. Se anochecía ahí, entre dados, ceniceros repletos de puchos, timberos[9] y botellas de cerveza helada, y remataba las noches viendo un show, en cabarets de mala muerte (el «*Nacional*», el «*Pingüino*», el «*Olímpico*», el «*Turbillón*»[10]) o, si andaba muca[11],

---

[7] Peruanismo: algas marinas, nombre que se aplica a cualquier yerba (Arona).

[8] Americanismo: juego de dados llamado también cuba; antes se jugaba con un cuerno de toro, de ahí su nombre (Morínigo).

[9] Americanismo: persona que frecuenta las casas de juego o timbas (Morínigo).

[10] Con una mayor extensión es tratado el tema de los clubs nocturnos en *Conversación en La Catedral*, obra en la que este tema es presentado a través de los personajes del mundo del periodismo (CC., página 523).

[11] Peruanismo: andaba sin dinero (expresión popular).

acabándose de emborrachar en antros de lo peor, donde podía dejar en prenda su pluma Parker, su reloj Omega, su esclava de oro (cantinas de Surquillo o del Porvenir), y algunas mañanas se lo veía rasguñado, un ojo negro, una mano vendada: se perdió, decíamos, y las muchachas pobre su madre y ellos ¿sabes que ahora se junta con rosquetes[12], cafichos y pichicateros?[13]. Pero los sábados salía siempre con nosotros. Pasaba a buscarlos después de almuerzo y, si no íbamos al Hipódromo o al Estadio, se encerraban donde Chingolo o Mañuco a jugar póquer hasta que oscurecía. Entonces volvíamos a nuestras casas y se duchaban y acicalábamos y Cuéllar los recogía en el poderoso Nash que su viejo le cedió al cumplir la mayoría de edad, muchacho, ya tenía veintiún años, ya puedes votar y su vieja, corazón, no corras mucho que un día se iba a matar. Mientras nos entonábamos en el chino de la esquina con un trago corto, ¿irían al chifa?[14], discutíamos, ¿a la calle Capón?[15], y contaban chistes, ¿a comer anticuchos[16] Bajo el Puente?, Pichulita era un campeón, ¿a la Pizzería?, saben esa de y qué le dijo la ranita y la del general y si Toñito Mella se cortaba cuando se

[12] Peruanismo: afeminados (voz popular).

[13] Americanismo: en general significa persona ruin, degradada (Morínigo). Voz usada en Perú con el significado de drogadictos.

[14] Peruanismo: nombre popular que se da al restaurante chino.

[15] Calle de Lima donde abundan los restaurantes chinos. La *alusión,* implícita en el nombre, funciona aquí como elemento referencial con relación a la condición de castrado que sufre Cuéllar.

[16] Peruanismo: trocitos de hígado de vaca o de carne, ensartados en palitos, asados o fritos, que se venden por las calles. Es alimento de la gente pobre (Morínigo).

afeitaba ¿qué pasaba? se capaba, ja ja, el pobre era tan huevón [17].

Después de comer, ya picaditos con los chistes, íbamos a recorrer bulines [18], las cervezas, de la Victoria, la conversación, de Prolongación Huánuco [19], el sillau [20] y el ají [21], o de la Avenida Argentina, o hacían una pascanita [22] en el «*Embassy*» [23], o en el «*Ambassador*» [24] para ver el primer show desde el bar y terminábamos generalmente en la Avenida Grau, donde Nanette. Ya llegaron los miraflorinos, porque ahí los conocían, hola Pichulita, por sus nombres y por sus apodos, ¿cómo estás? y las polillas [25]

---

[17] Americanismo: descuidado, negligente (Morínigo).

[18] Peruanismo: forma del habla popular que designa un tipo especial de bares con prostitución.

[19] Evoca la célebre Ciudad de los Caballeros del León de Huánuco, fundada en 1542 por Pedro Puelles y Gonzalo Díaz de Pineda. Fue una ciudad regida por aristócratas, que tuvo un gran prestigio en la época virreinal. Cfr. Ricardo Palma, *Tradiciones peruanas,* Ed. Porrúa, págs. 92-93.

[20] Peruanismo: salsa china para condimentar.

[21] Americanismo: planta herbácea, su fruto es usado en las cocinas nacionales americanas y también en la española. Conocido también como pimiento de Indias o guindilla (Morínigo).

[22] Americanismo: diminutivo de pascana, voz quechua, mesón o paradero para alojamiento de viajeros; etapa o parada de un viaje (Morínigo).

[23] Espacio que en el texto sólo se menciona como un lugar frecuentado por Cuéllar y sus amigos. En *Conversación en La Catedral* ilustra el aspecto degradado de los personajes que ostentan el poder durante la presidencia del general Odría (CC., pág. 187).

[24] Club nocturno.

[25] En la narrativa de Vargas Llosa este nombre está usado con el significado de prostituta: «¿En todo el tiempo que estuviste con él no le conociste ninguna mujer? —dice Santiago—... No le conocí queridas, pero sí mujeres —dice Ambrosio—. Es decir, polillas, niño» (CC., pág. 382). El mundo de la prostitución es un tema importante de *Conversación en La*

se morían y ellos de risa: estaba bien. Cuéllar se calentaba[26] y a veces las reñía y se iba dando un portazo, no vuelvo más, pero otras se reía y les seguía la cuerda y esperaba, bailando, o sentado junto al tocadiscos con una cerveza en la mano, o conversando con Nanette, que ellos escogieran su polilla, subiéramos y bajaran: qué rapidito, Chingolo, les decía, ¿cómo te fue? o cuánto te demoraste, Mañuco, o te estuve viendo por el ojo de la cerradura, Choto, tienes pelos en el poto, Lalo. Y uno de esos sábados, cuando ellos volvieron al salón, Cuéllar no estaba y Nanette de repente se paró, pagó su cerveza y salió, ni se despidió. Salimos a la Avenida Grau y ahí lo encontraron, acurrucado contra el volante del Nash, temblando, hermano, qué te pasó, y Lalo: estaba llorando. ¿Se sentía mal, mi viejo?, le decían, ¿alguien se burló de ti?, y Choto ¿quién te insultó?, quién, entrarían y le pegaríamos y Chingolo ¿las polillas lo habían estado fundiendo? y Mañuco ¿no iba a llorar por una tontería así, no? Que no les hiciera caso, Pichulita, anda, no llores, y él abrazaba el volante, suspiraba y con la cabeza y la voz rota no, sollozaba, no, no lo habían estado fundiendo, y se secaba los ojos con su pañuelo, nadie se había burlado, quién se iba a atrever. Y ellos cálmate, hombre, hermano, entonces por qué, ¿mucho trago?[27], no, ¿estaba enfermo?, no, nada, se sentía bien, lo palmeábamos, hombre, viejo, hermano, lo alentaban, Pichulita. Que se serenara, que se riera, que arrancara el potente Nash, vamos por ahí. Se tomarían la del estribo[28] en «*El Turbillón*»,

---

Catedral. En *Pantaleón y las visitadoras* el término aparece con el mismo significado (pág. 31).

[26] Americanismo: se enfadaba (Morínigo).

[27] Peruanismo: emborracharse (forma popular).

[28] Peruanismo: la última copa.

llegaremos justo al segundo show, Pichulita, que partiera [29] y que no llorara. Cuéllar se calmó por fin, partió y en la Avenida 28 de Julio [30] ya estaba riéndose, viejo, y de repente un puchero, sincérate con nosotros, qué había pasado, y él nada, caray, se había entristecido un poco nada más, y ellos por qué si la vida era de mamey [31], compadre, y él de un montón de cosas, y Mañuco de qué por ejemplo, y él de que los hombres ofendieran tanto a Dios por ejemplo, y Lalo ¿de que qué dices?, y Choto ¿quería decir de que pecaran tanto?, y él sí, por ejemplo, ¿qué pelotas, no?, sí, y también de lo que la vida era tan aguada. Y Chingolo qué iba a ser aguada, hombre, era de mamey, y él porque uno se pasaba el tiempo trabajando, o chupando, o jaraneando, todos los días lo mismo y de repente envejecía y se moría ¿qué cojudo [32], no?, sí. ¿Eso había estado pensando donde Nanette?, ¿eso delante de las polillas?, sí, ¿de eso había llorado?, sí, y también de pena por la gente pobre, por los ciegos, los cojos, por esos mendigos que iban pidiendo limosna en el jirón [33] de la Unión, y por los

---

[29] Esta forma es una variante que destacamos con relación a la primera edición de la obra, donde aparece *andara.*

[30] Rememora la Independencia peruana, firmada en Lima el día 28 de julio de 1821. Cfr. Carlos Rama, *Historia de América Latina,* Barcelona, 1978, pág. 33.

[31] En sentido figurado mameyero significa amigo de la holganza (Santa María). Es un peruanismo que define en el texto la vida cómoda, de placer. Forma muy empleada en el habla coloquial y registrada en los textos literarios. Así, por ejemplo, ocurre en Alfredo Bryce Echenique, *Tantas veces Pedro,* Madrid, 1981, pág. 46.

[32] Americanismo: hacerse el sueco (Morínigo).

[33] Peruanismo: calle o avenida (Morínigo).

canillitas[34] que iban vendiendo *La Crónica*[35] ¿qué tonto, no? y por esos cholitos que te lustran los zapatos en la Plaza San Martín ¿qué bobo, no?, y nosotros claro, qué tonto, ¿pero ya se le había pasado, no?, claro, ¿se había olvidado?, por supuesto, a ver una risita para creerte, ja ja. Corre Pichulita, pícala, el fierro a fondo, qué hora era, a qué hora empezaba el show, quién sabía, ¿estaría siempre esa mulata cubana?, ¿cómo se llamaba?, Ana, ¿qué le decían?, la Caimana, a ver, Pichulita, demuéstranos que se te pasó, otra risita: ja ja.

---

[34] Americanismo: vendedor callejero de diarios y periódicos. La voz formada sobre canilla, pierna flaca, procede del apodo que por tal razón dio Florencio Sánchez (dramaturgo uruguayo, 1875-1910) al protagonista de su pieza (1904) del mismo título, que era un chico adolescente vendedor de periódicos. El éxito de la obra hizo que pronto se aplicara el apodo a todos los chicos vendedores de periódicos (Morínigo).

[35] Ocupa un lugar importante entre los periódicos limeños. Conocemos su funcionamiento interior a través de la historia de Santiago Zavala en *Conversación en La Catedral*, donde el periodismo es también un tema importante. Existe una fuerte vinculación entre Vargas Llosa y el periodismo, ya que, como recoge Oviedo, fue redactor de *La Crónica* en 1951. Cfr. Oviedo, *OC.*, pág. 23.

VI

Cuando Lalo se casó con Chabuca, el mismo año que Mañuco y Chingolo se recibían de Ingenieros, Cuéllar ya había tenido varios accidentes y su Volvo andaba siempre abollado, despintado, las lunas rajadas. Te matarás, corazón, no hagas locuras y su viejo era el colmo, muchacho, hasta cuándo no iba a cambiar, otra palomillada[1] y no le daría ni un centavo más, que recapacitara y se enmendara, si no por ti por su madre, se lo decía por su bien. Y nosotros: ya estás grande para juntarte con mocosos, Pichulita. Porque le había dado por ahí. Las noches se las pasaba siempre timbeando con los noctámbulos de «*El Chasqui*» o del «*D'Onofrio*», o conversando y chupando[2] con los bola de oro[3], los mafiosos del «*Haití*» (¿a

---

[1] Peruanismo: grupo de personas que suele reunirse para pasar el rato o divertirse (Morínigo). Vargas Llosa lo utiliza en el sentido de acto irresponsable propio de estos grupos.

[2] Peruanismo: forma popular de beber (Santa María).

[3] Nombre de los desviados sexuales, aparece en forma explícita en *Conversación en la catedral:* Bola de Oro es el nombre que dan las prostitutas a don Fermín Zavala, que mantiene relaciones con su chófer, el negro Ambrosio (CC., pág. 395). Según Matilla Ri-

qué hora trabaja, decíamos, o será cuento que trabaja?), pero en el día vagabundeaba de un barrio de Miraflores a otro y se lo veía en las esquinas, vestido como James Dean (blue jeans ajustados, camisita de colores abierta desde el pescuezo hasta el ombligo, en el pecho una cadenita de oro bailando y enredándose entre los vellitos, mocasines blancos), jugando trompo con los cocacolas, pateando pelota en un garaje, tocando rondín [4]. Su carro [5] andaba siempre repleto de roncanroleros de trece, catorce, quince años y, los domingos, se aparecía en el «*Waikiki*» [6] (hazme socio, papá la tabla hawaiana era el mejor deporte para no engordar y él también podría ir, cuando hiciera sol, a almorzar con la vieja, junto al mar) con pandillas de criaturas, mírenlo, mírenlo, ahí está, qué ricura, y qué bien acompañado se veía, qué frescura: uno por uno los subía a su tabla hawaiana y se metía con ellos más allá de la reventazón. Les enseñaba a manejar [7] el Volvo, se lucía ante ellos dando curvas en dos ruedas en el Malecón y los llevaba al Estadio, al cachascán, a los toros, a las carreras, al Bowling, al box. Ya está, decíamos, era fatal: maricón. Y también: qué le quedaba, se comprendía, se le disculpaba pero, hermano, resulta cada día más difícil juntarse con él, en la calle lo mi-

vas este nombre designa al homosexual en Lima. Cfr. «Conversación en la catedral: estructura y estrategias», en *Homenaje a Mario Vargas Llosa*, Madrid, Anaya, 1971, pág. 95.

[4] Americanismo: pequeño instrumento musical de madera con lengüetas metálicas para producir el sonido (armónica). (Morínigo.)

[5] Americanismo: designa al automóvil (Morínigo).

[6] Club situado en el balneario de Barranco. Es un lugar adecuado para practicar ciertos deportes, dada la configuración agreste de la playa.

[7] Americanismo: conducir un automóvil (Morínigo).

raban, lo silbaban y lo señalaban, y Choto a ti te importa mucho el qué dirán, y Mañuco lo rajaban y Lalo si nos ven mucho con él y Chingolo te confundirán.

Se dedicó un tiempo al deporte y ellos lo hace más que nada para figurar: Pichulita Cuéllar, corredor de autos como antes de olas. Participó en el Circuito de Atocongo [8] y llegó tercero. Salió fotografiado en «*La Crónica*» y en «*El Comercio*» [9] felicitando al ganador, Arnaldo Alvarado [10] era el mejor, dijo Cuéllar, el pundonoroso perdedor. Pero se hizo más famoso todavía un poco después, apostando una carrera al amanecer, desde la Plaza San Martín hasta el Parque Salazar, con Quique Ganoza, éste por la buena pista, Pichulita contra el tráfico. Los patrulleros [11] lo persiguieron desde Javier Prado, sólo lo alcanzaron en Dos de Mayo, cómo correría. Estuvo un día en la Comisaría y ¿ya está?, decíamos, ¿con este escándalo escarmentará y se corregirá? Pero a las pocas semanas tuvo su primer accidente grave, haciendo el paso de la muerte —las manos amarradas al volante, los ojos vendados— en la Avenida Angamos [12]. Y el segundo, tres meses después, la

---

[8] Lugar donde se celebran las competiciones automovilísticas. En Vargas Llosa es uno de los escenarios frecuentados por los jóvenes de la alta burguesía limeña, revelándose en estas actuaciones el afán de protagonismo y su conducta irreflexiva. Cfr. LCP., página 84.

[9] Periódico limeño, apareció en 1939 y ejerce una gran influencia en la vida del país (Larousse).

[10] Personaje real, corredor de automovilismo. Pasa a formar parte de la historia de Cuéllar, como una figura mitificada; sus actuaciones aparecen como una meta o paradigma a seguir.

[11] Coche de la policía.

[12] Angamos fue una de las batallas que libraron los peruanos frente a los chilenos (1879) durante la lla-

noche que le dábamos la despedida de soltero a Lalo. Basta, déjate de niñerías, decía Chingolo, para de una vez que ellos estaban grandes para estas bromitas y queríamos bajarnos. Pero él ni de a juego, qué teníamos, ¿desconfianza en el trome?, ¿tremendos vejetes y con tanto miedo?, no se vayan a hacer pis, ¿dónde había una esquina con agua para dar una curvita resbalando? Estaba desatado y no podían convencerlo, Cuéllar, viejo, ya estaba bien, déjanos en nuestras casas, y Lalo mañana se iba a casar, no quería romperse el alma la víspera, no seas inconsciente, que no se subiera a las veredas, no cruces con la luz roja a esta velocidad, que no fregara. Chocó contra un taxi en Alcanfores [13] y Lalo no se hizo nada, pero Mañuco y Choto se hincharon la cara y él se rompió tres costillas. Nos peleamos y un tiempo después los llamó por teléfono y nos amistamos y fueron a comer juntos pero esta vez algo se había fregado entre ellos y él y nunca más fue como antes.

Desde entonces nos veíamos poco y cuando Mañuco se casó le envió parte de matrimonio sin invitación, y él no fue a la despedida y cuando Chingolo regresó de Estados Unidos casado con una gringa [14] bonita y con dos hijos que apenitas chapurreaban español, Cuéllar ya se había ido a la montaña, a Tingo María [15], a

---

mada Guerra del Pacífico y que tuvo resultados negativos para Perú (Larousse).

[13] Escenario que cobra una gran importancia en *La ciudad y los perros*. Es el barrio de Alberto, uno de los personajes protagonistas. Cfr. LCP., pág. 75.

[14] Americanismo: norteamericana (Santa María).

[15] Zona límite entre la montaña y la selva. Mundo exótico para los limeños. En la narrativa varguiana aparece siempre en conexión con Lima: Cuéllar se desplaza de Lima a Tingo María, de la misma forma, Ambrosio huye de Lima y pasa a Pucallpa-Tingo Ma-

sembrar café, decían, y cuando venía a Lima y lo encontraban en la calle, apenas nos saludábamos, qué hay cholo, cómo estás Pichulita, qué te cuentas viejo, ahí vamos, chau, y ya había vuelto a Miraflores, más loco que nunca, y ya se había matado [16], yendo al Norte, ¿cómo?, en un choque, ¿dónde?, en las traicioneras curvas de Pasamayo [17], pobre, decíamos en el entierro, cuánto sufrió, qué vida tuvo, pero este final es un hecho que se lo buscó.

Eran hombres hechos y derechos ya y teníamos todos mujer, carro, hijos que estudiaban en el Champagnat, la Inmaculada o el Santa María, y se estaban construyendo una casita para el verano en Ancón [18], Santa Rosa o las playas del Sur, y comenzábamos a engordar y a tener canas, barriguitas, cuerpos blandos, a usar anteojos para leer, a sentir malestares después de comer y de beber y aparecían ya en sus pieles algunas pequitas, ciertas arruguitas.

---

ría (CC., págs. 577-578). También se da la situación inversa: Federico Téllez Unzátegui irá de Tingo María a Lima. En el relato de la vida de este personaje hay una cierta definición de este espacio, aunque se trata de la configuración del mismo en un tiempo no coetáneo con la historia de Cuéllar. Cfr. LTJE., página 168. En la actualidad es uno de los centros más importantes para la explotación forestal y el cultivo del café en Perú.

[16] Repetición parcial de elementos oracionales que conforman una *redditio* múltiple.

[17] Ubicadas en la ruta que une Lima con las ciudades del Norte; es zona de arenales y precipicios.

[18] Lugar importante por sus playas, puerto y centro minero. Debe su nombre al Tratado de Ancón, firmado entre Chile y Perú en 1883; puso fin a la Guerra del Pacífico. Cfr. C. Rama, *OC.*, pág. 86. Presentado por Vargas Llosa como un centro de veraneo de la alta burguesía (CC., pág. 34).

Colección Letras Hispánicas

Últimos títulos publicados

525 *La fuente de la edad,* LUIS MATEO DÍEZ.
Edición de Santos Alonso (2.ª ed.).
526 *En voz baja. La amada inmóvil,* AMADO NERVO.
Edición de José María Martínez.
528 *Contrapunteo cubano del tabaco y el azúcar,* FERNANDO ORTIZ.
Edición de Enrico Mario Santí.
529 *Desde mi celda,* GUSTAVO ADOLFO BÉCQUER.
Edición de Jesús Rubio Jiménez.
530 *El viaje a ninguna parte,* FERNANDO FERNÁN-GÓMEZ.
Edición de Juan A. Ríos Carratalá (2.ª ed.).
531 *Cantos rodados (Antología poética, 1960-2001),* JENARO TALENS.
Edición de J. Carlos Fernández Serrato.
532 *Guardados en la sombra,* JOSÉ HIERRO.
Edición de Luce López-Baralt (2.ª ed.).
533 *Señora Ama. La Malquerida,* JACINTO BENAVENTE.
Edición de Virtudes Serrano.
534 *Redoble por Rancas,* MANUEL SCORZA.
Edición de Dunia Gras.
535 *La de San Quintín. Electra,* BENITO PÉREZ GALDÓS.
Edición de Luis F. Díaz Larios.
536 *Siempre y nunca,* FRANCISCO PINO.
Edición de Esperanza Ortega.
537 *Cádiz,* BENITO PÉREZ GALDÓS.
Edición de Pilar Esterán.
538 *La gran Semíramis. Elisa Dido,* CRISTÓBAL DE VIRUÉS.
Edición de Alfredo Hermenegildo.
539 *Doña Berta. Cuervo - Superchería,* LEOPOLDO ALAS «CLARÍN».
Edición de Adolfo Sotelo Vázquez.
540 *El Cantar de los Cantares de Salomón (Interpretaciones literal y espiritual),* FRAY LUIS DE LEÓN.
Edición de José María Becerra Hiraldo.
541 *Cancionero,* GÓMEZ MANRIQUE.
Edición de Francisco Vidal González.
542 *Exequias de la lengua castellana,* JUAN PABLO FORNER.
Edición de Marta Cristina Carbonell.
543 *El lenguaje de las fuentes,* GUSTAVO MARTÍN GARZO.
Edición de José Mas.
544 *Eva sin manzana. La señorita. Mi querida señorita. El nido,* JAIME DE ARMIÑAN.
Edición de Catalina Buezo.

545 *Abdul Bashur, soñador de navíos,* ÁLVARO MUTIS.
Edición de Claudio Canaparo.
546 *La familia de León Roch,* BENITO PÉREZ GALDÓS.
Edición de Íñigo Sánchez Llama.
547 *Cuentos fantásticos modernistas de Hispanoamérica.*
Edición de Dolores Phillipps-López.
548 *Terror y miseria en el primer franquismo,* JOSÉ SANCHIS SINISTERRA.
Edición de Milagros Sánchez Arnosi.
549 *Fábulas del tiempo amargo y otros relatos,* MARÍA TERESA LEÓN.
Edición de Gregorio Torres Nebrera.
550 *Última fe (Antología poética, 1965-1999),* ANTONIO MARTÍNEZ SARRIÓN.
Edición de Ángel L. Prieto de Paula.
551 *Poesía colonial hispanoamericana.*
Edición de Mercedes Serna.
552 *Biografía incompleta. Biografía cotinuada,* GERARDO DIEGO.
Edición de Francisco Javier Díez de Revenga.
553 *Siete lunas y siete serpientes,* DEMETRIO AGUILERA-MALTA.
Edición de Carlos E. Abad.
554 *Antología poética,* CRISTÓBAL DE CASTILLEJO.
Edición de Rogelio Reyes Cano.
555 *La incógnita. Realidad,* BENITO PÉREZ GALDÓS.
Edición de Francisco Caudet.
556 *Ensayos y crónicas,* JOSÉ MARTÍ.
Edición de José Olivio Jiménez.
557 *Recuento de invenciones,* ANTONIO PEREIRA.
Edición de José Carlos González Boixo.
558 *Don Julián,* JUAN GOYTISOLO.
Edición de Linda Gould Levine.
559 *Obra poética completa (1943-2003),* RAFAEL MORALES.
Edición de José Paulino Ayuso.
560 *Beltenebros,* ANTONIO MUÑOZ MOLINA.
Edición de José Payá Beltrán.
561 *Teatro breve entre dos siglos (Antología).*
Edición de Virtudes Serrano.
562 *Las bizarrías de Belisa,* LOPE DE VEGA.
Edición de Enrique García Santo-Tomás.
563 *Memorias de un solterón,* EMILIA PARDO BAZÁN.
Edición de M.ª Ángeles Ayala.

564 *El gesticulador,* RODOLFO USIGLI.
Edición de Daniel Meyran.
565 *En la luz respirada,* ANTONIO COLINAS.
Edición de José Enrique Martínez Fernández.
566 *Balún Canán,* ROSARIO CASTELLANOS.
Edición de Dora Sales.
567 *Capítulos que se le olvidaron a Cervantes,* JUAN MONTALVO.
Edición de Ángel Esteban.
568 *Diálogos o Coloquios,* PEDRO MEJÍA.
Edición de Antonio Castro Díaz.
569 *Los premios,* JULIO CORTÁZAR.
Edición de Javier García Méndez.
570 *Antología de cuentos,* JOSÉ JIMÉNEZ LOZANO.
Edición de Amparo Medina-Bocos.
571 *Apuntaciones sueltas de Inglaterra,* LEANDRO FERNÁNDEZ DE MORATÍN.
Edición de Ana Rodríguez Fischer.
572 *Ederra. Cierra bien la puerta,* IGNACIO AMESTOY.
Edición de Eduardo Pérez-Rasilla.
573 *Entremesistas y entremeses barrocos.*
Edición de Celsa Carmen García Valdés.
574 *Antología del Género Chico.*
Edición de Alberto Romero Ferrer.
575 *Antología del cuento español del siglo* XVIII.
Edición de Marieta Cantos Casenave.
576 *La celosa de sí misma,* TIRSO DE MOLINA.
Edición de Gregorio Torres Nebrera.
577 *Numancia destruida,* IGNACIO LÓPEZ DE AYALA.
Edición de Russell P. Shebold.
578 *Cornelia Bororquia o La víctima de la Inquisición,* LUIS GUTIÉRREZ.
Edición de Gérard Dufour.
579 *Mojigangas dramáticas (siglos* XVII *y* XVIII*).*
Edición de Catalina Buezo.
580 *La vida difícil,* ANDRÉS CARRANQUE DE RÍOS.
Edición de Blanca Bravo.
581 *El pisito. Novela de amor e inquilinato,* RAFAEL AZCONA.
Edición de Juan A. Ríos Carratalá.
582 *En torno al casticismo,* MIGUEL DE UNAMUNO.
Edición de Jean-Claude Rabaté.
583 *Textos poéticos (1929-2005),* JOSÉ ANTONIO MUÑOZ ROJAS.
Edición de Rafael Ballesteros, Julio Neira y Francisco Ruiz Noguera.

584 *Ubú president o Los últimos días de Pompeya. La increíble historia del Dr. Floit & Mr. Pla. Daaalí,* ALBERT BOADELLA.
Edición de Milagros Sánchez Arnosi.
585 *Arte nuevo de hacer comedias,* LOPE DE VEGA.
Edición de Enrique García Santo-Tomás.
586 *Anticípolis,* LUIS DE OTEYZA.
Edición de Beatriz Barrantes Martín.
587 *Cuadros de amor y humor, al fresco,* JOSÉ LUIS ALONSO DE SANTOS.
Edición de Francisco Gutiérrez Carbajo.
588 *Primera parte de Flores de poetas ilustres de España,* PEDRO ESPINOSA.
Edición de Inoria Pepe Sarno y José María Reyes Cano.
589 *Arquitecturas de la memoria,* JOAN MARGARIT.
Edición bilingüe de José Luis Morante.
590 *Cuentos fantásticos en la España del Realismo.*
Edición de Juan Molina Porras.
591 *Bárbara. Casandra. Celia en los infiernos,* BENITO PÉREZ GALDÓS.
Edición de Rosa Amor del Olmo.
592 *La Generación de 1936. Antología poética.*
Edición de Francisco Ruiz Soriano.
593 *Cuentos,* MANUEL GUTIÉRREZ NÁJERA.
Edición de José María Martínez.
594 *Poesía. De sobremesa,* JOSÉ ASUNCIÓN SILVA.
Edición de Remedios Maraix.
595 *El recurso del método,* ALEJO CARPENTIER.
Edición de Salvador Arias.
596 *La Edad de Oro y otros relatos,* JOSÉ MARTÍ.
Edición de Ángel Esteban.
597 *Poesía. 1979-1996,* LUIS ALBERTO DE CUENCA.
Edición de Juan José Lanz.

DE PRÓXIMA APARICIÓN

El libro de la fiebre, CARMEN MARTÍN GAITE.
Edición de Maria Vittoria Calvi.
Artículos literarios en la prensa (1975-2005).
Edición de Francisco Gutiérrez Carbajo y José Luis Martín Nogales.
Narraciones, GUSTAVO ADOLFO BÉCQUER.
Edición de Pascual Izquierdo.